Isa Koschinsky

Gedanken über eine Reise nach Schlesien

für Zenobia und Miroslaw

Hersteller:
Books on Demand GmbH, Norderstedt

ISBN 3-8311-3731-5

Mit den Gedanken über meine Reise will ich

Neues entdecken
*
Altes wiederfinden
*
mit der Geschichte leben
*
durch Erinnerungen
die eigene Vergangenheit
bewältigen
*
über die Volksseelen
nachdenken
*
einen Blick
in die Zukunft wagen

Einleitung

M.: Wohin fährst Du dieses Jahr in Urlaub ?

Ich: In meine alte Heimat, nach Polen.

M.: Kannst Du denn die Sprache noch ?

Ich: Ja, deutsch.

M.: Wieso deutsch ? Ich denke, Du fährst nach Polen.

Ich: Die Stadt, in der ich geboren wurde, war damals deutsch.

M.: Ach !

Abfahrt
(Frühjahr 1995)

Um 5 Uhr morgens steht der Bus am ZOB, dem Zentralen Omnibus-bahnhof von Berlin, zur Abfahrt bereit. Es ist Anfang Mai und noch dunkel. Ein redseliger Taxifahrer hat uns hergebracht. Wir sind so verschlafen wie die Straßen, durch die wir gefahren sind: Fahle Beleuchtung, ein Radfahrer ohne Licht, ein streunender Hund, ein Zeitungsträger, nur wenige Autos, kaum Geräusche.

Der Fahrer des Busses begrüßt uns: Er heißt Steven, ist Mitte Vierzig, groß und stattlich, spricht norddeutschen Akzent. Neben ihm steht eine schmächtige Frau um die Dreißig, die er als Frau Müller, „den guten Geist und zuständig für das Wohlbefinden der Gäste" vorstellt. Wir checken ein. Einige Plätze im Bus sind bereits besetzt. Aufgrund der Platzreservierung gibt es kein Gerangel. Jeder sucht zielstrebig nach seiner Platznummer. Wir sitzen in der 6. und 7. Reihe links. Gepäck verstauen, hinsetzen, warten, bis alle da sind. Mir fallen die Augen wieder zu, da geht es los. Bedächtig biegt Steven mit dem Bus in die nächste Straße rechts ein. Dann schaukeln wir mehr oder weniger in gemächlichem Tempo durch Straßen und über Plätze aus der Stadt hinaus.

Steven meldet sich über's Mikrofon: „Ich erkläre Ihnen jetzt den Bus." Wir werden über die Klimaanlage, Sitzverstellungsmöglichkeiten, Toilette etc. informiert. Außerdem teilt er mit, daß die erste „Raucherpause" bei Cottbus „eingelegt wird". „Ich bin selbst Raucher", fügt er hinzu. Dann erfahren wir, daß zum Frühstück von Frau Müller lecker zubereitete Brötchen, warme Würstchen und Kuchen sowie Kaffee, Tee und diverse kalte Getränke einschließlich Bier und Sekt erworben werden können. In Erwartung solcher Fürsorge lehnen wir uns satt zurück. -
PAUSE. - DÖSEN.

Es fängt an zu dämmern. Ich sehe mich im Bus um. Die Plätze hinter uns sind frei. Ich zähle 20 Teilnehmer. In Gedanken erstelle ich eine Sitzordnung. Später habe ich sie mit Informationen über meine Mitreisenden ergänzt.

Sitzverteilung im Bus

Fahrer Steven	Reiseleiter: Herr Galitzky (erwartet uns an der deutsch- polnischen Grenze)
Oma Haubitz u.Enkel Thomas (aus Krummhübel) (8 Jahre)	Fr.Müller ("unser guter Geist")
Schweigsames bebrilltes Ehepaar (nur einmal mitteilsam)	Alter Mann mit Armprothese (hat Breslau im Volkssturm verteidigt)
Der Platz ist frei (jemand hat abgesagt)	Mutter mit Tochter aus Berlin (beide unbeschreiblich dick)
Frau aus Zobten mit Ehemann (will ihm ihre Heimat zeigen)	Ehepaar aus Hirschberg (kennen sich seit der Kindheit, Heirat später im„Westen")
Mutter und Sohn (Vater gefallen, Sohn 1944 in Trebnitz geboren)	zwei Freundinnen (sind seit ihrer Schulzeit in Breslau zusammen)
Ich	Pensionierte Studienrätin (aus Landeshut)
Inge und Julia (meine Begleiterinnen)	Student aus Berlin (hat freiwillig seinen Platz mit Oma Haubitz getauscht)

Es ist nicht schwer zu erraten: Die meisten von uns zieht es in dort-hin,wo unsere Wurzeln sind. Ich bin gestern von Frankfurt mit dem Flugzeug nach Berlin gekommen und will das Land meiner Kindheit wiedersehen. Einige von uns fahren aus anderen Gründen mit, zum Beispiel meine Begleiterinnen: Inge lebt in Berlin. Sie hat die Reise für uns organisiert. Seit ihrer Schulzeit möchte sie das Riesengebirge und die Schneekoppe kennenlernen. Julia ist mit dem Auto aus dem Sauerland angereist. Sie ist neugierig zu erfahren, wie es in ei-nem osteuropäischen Land „zugeht". Der Student möchte prakti-sche Erfahrungen für sein Slawistikstudium sammeln. Schließlich die dicke Mutter mit ihrer ebenso dicken Tochter: Sie haben die Reise gebucht, um einfach mal „rauszukommen". Übrigens hat sich die Tochter auf den freigebliebenen Platz auf der linken Seite umge-setzt. Dafür hat jeder Verständnis.

Wir sind inzwischen auf der Autobahn in Richtung Cottbus. Zunächst Industrieansiedlungen mit Schornsteinen, die giftigen Qualm ver-breiten. Dann flache Ackerlandschaft und in der Ferne kleine Ort-schaften. Die Autobahn ist hier noch nicht saniert. Der Bus rattert wie früher die Eisenbahn auf der Schiene. Ich schließe die Augen, denke zurück. Plötzlich habe ich sie wieder vor mir, die längste Eisenbahnfahrt in meinem Leben.

Ausreise
(Sommer 1946)

Das Potsdamer Abkommen

„Weshalb sind wir nicht zu Hause geblieben?" fragte ich meine Mutter, als sie traurig war. „Warum mußten wir in diese Stadt?" - „Das verdanken wir dem Potsdamer Abkommen." - „Was ist das?" - „Die Siegermächte haben in Potsdam beschlossen, daß wir unser Land verlassen müssen." - „Die Siegermächte?" - „Ja, die Russen, die Amerikaner, die Engländer, die Franzosen." - Pause. - „Wieviele Menschen mußten weg wie wir?" - „Kind, du stellst Fragen!" - Meine Mutter überlegte: „Ungefähr sechs Millionen." - „So viele?" - „Ja."

Eines Abends - mein jüngerer Bruder und ich waren schon im Bett - hörte ich meine Mutter im Nebenzimmer zu meinem Vater sagen: „In Görlitz sollen die Verhältnisse an der Grenze katastrophal sein. Bitte doch Frau Halska, sich zu erkundigen,ob es einen Grenzübergang gibt, wo es humaner zugeht." - Frau Halska war eine Polin in Liebau, der mein Vater Klavierunterricht gab. Für uns Kinder eine liebe alte Dame, von der wir manchmal Schokolade oder Bonbons bekamen. - Mein Vater versprach, bei der nächsten Klavierstunde das Anliegen vorzutragen. Da wußte ich, meine Eltern wollten weg von Ullersdorf.

Von nun an trieb es mich unruhig umher. Ich lief von der Pension am Ende des Dorfes, in der wir zwei Zimmer bewohnten, die Straße entlang, links den Berg hoch bis unter die Sprungschanze. Von hier waren wir im Winter mit den Schiern runtergesaust. Oder an der kleinen Kapelle vorbei bis in den „Rabengrund" zu der Wiese, auf der im Frühjahr die Himmelschlüssel blühten. Einmal wagte ich mich bis vor unser Haus, das am Anfang des Dorfes stand. Wir hatten es vor einem halben Jahr räumen müssen. Das Übliche: „15 Minuten."

Zu dem „Räumkommando" gehörte ein Pole, mit dem mein Vater gelegentlich musizierte, und so wurde eine halbe Stunde daraus. Außerdem wußten es meine Eltern schon einen Tag vorher und hatten Sachen im Wald versteckt.- Jetzt war ein polnischer Kindergarten in dem Haus untergebracht. Das Eingangstor war beseitigt, damit Autos in den Garten fahren konnten. Außerdem hatte man eine alte Trauerweide abgesägt, weil sie im Weg stand.

Ich lief links vom Garten den schmalen Weg hoch zum „Heiligen Berg", ein Stück am Waldrand entlang, dann wieder unten auf der Straße nach Liebau. Bis vor 15 Monaten war dies mein Schulweg. Selbst die dunkle und sonst gefürchtete Bahnunterführung schreckte mich heute nicht ab. In Liebau kaufte ich mir in der Bäckerei von den zwei Zloty, die ich bei mir hatte, ein Brötchen und bekam ein Bonbon umsonst, weil ich die Verkäuferin polnisch begrüßte. An diesem Tag - ich war etwa 8 km gelaufen - kam ich so spät nach Hause, daß meine Mutter mit mir „ins Gericht ging" und mir ab sofort das „Herumstreunen" verbot.

Eine Woche später war es soweit: „Sie mit Ihrer Musik, Sie können doch hierbleiben", rief Frau Halska. Und: „Einen polnischen Namen haben Sie auch!" Aber meine Eltern wollten nicht. Also riet sie, nach Kohlfurt zu fahren. Dort - habe sie gehört - sorgten Briten dafür, daß die Menschen unter besseren Bedingungen als in Görlitz in den „Westen" gebracht würden. Meine Eltern suchten alle Wertgegenstände zusammen, die sie bei sich hatten. Auch ihre Eheringe mußten dran glauben. Dafür organisierte Frau Halska einen Fahrer, der ihrer Überzeugung nach zuverlässig war. Er besaß einen kleinen Lastwagen, der aus einem Führerhaus bestand und hinten eine offene Ladefläche hatte.

Morgens um 8 Uhr wurde unser Gepäck aufgeladen. Meine Mutter kletterte mit meinem Bruder ins Führerhäuschen, mein Vater und ich saßen mit dem Rücken daran angelehnt hinten beim Gepäck.

Bei schönem Sommerwetter verließen wir Ullersdorf und fuhren über Liebau, Schmiedeberg, Hirschberg nach Lauban. Bis hierher kannte ich die Strecke vom Treck vor einem Jahr. Dann bogen wir in nordöstlicher Richtung ab. Gegen 12 Uhr wurden wir und das Gepäck am Bahnhof in Kohlfurt abgeladen. Mein Vater erfuhr am Schalter, daß noch am selben Tag ein „Transport" in den „Westen" ging. Wir sollten sofort in den „Kontrollraum" kommen.

Ich hatte meine Lieblingspuppe mitnehmen dürfen. Sie bestand aus einem Porzellankopf, an dem der Stoffkörper befestigt war. Meine Mutter hatte den Kopf abgetrennt, Geld darin versteckt und ihn dann wieder befestigt. Ich preßte die Puppe ganz fest an mich, aber es wollte sie niemand haben.

Nach den „Papierformalitäten" mußten wir zur „Desinfektion". Mit anderen Worten, wir wurden entlaust. Dies erfolgte nach „Geschlechtertrennung", und so verlor ich meinen Vater, der mich vorher an der Hand hielt. Während der Prozedur schrie ich so laut ich konnte. Man ließ mich laufen. In einer großen Menschenmenge fand ich meine Familie auf dem Bahnsteig wieder. Vor uns stand ein Güterzug mit 10 Waggons. Wir wurden aufgefordert, in den dritten hinter der Lokomotive einzusteigen.

Die Schiebetür war offen. Ich stellte mich auf die Zehenspitzen, sah hinein und fragte mich, wo wir noch Platz finden sollten. Der Waggon war voll mit Menschen und Gepäck. Nur vorn an der Tür gab es noch eine freie Fläche. Meine Eltern stellten zuerst das Gepäck hinein, hoben meinen Bruder und mich in den Wagen und kletterten schließlich selbst herauf. Dann versuchten wir , uns „einzurichten". Rechts neben der Tür stand ein leerer Eimer aus Blech. Der mußte unserem Gepäck Platz machen und wurde obendrauf gestellt. Wir setzen uns an die offene Tür, ließen die Beine baumeln und hofften, daß der Zug bald abfahren möge. Aber es vergingen noch zwei Stunden. Nach und nach standen immer weniger Menschen auf dem Bahnsteig. Sie waren in die anderen Waggons geklettert. Ein Gepäckwagen fuhr am Zug entlang. Er war mit Lebensmitteln beladen.

Es gab Brot, Kaffee, Wasser und für uns Kinder Trockenmilch. Eine ältere Frau im Wagen wurde dazu bestimmt, alles gerecht zu verteilen.

Um 15 Uhr setzte sich der Zug endlich in Bewegung. Wir fuhren sehr langsam, und so blieb die Schiebetür offen. Nach ungefähr einer Stunde rollten wir über die Neiße. Alle im Wagen waren aufgestanden. Erst war es ganz still. Dann fing eine Frau an zu schreien: „Wir sind frei! Wir sind frei!" Sie jubelte, sprang so hoch sie konnte, umarmte ihre beiden Kinder und rief immer wieder:"Wir sind frei!" Sie war außer sich und steckte in ihrer Extase die anderen Leute an. Trotz der Enge fand so etwas statt wie ein Freudentanz. Alle riefen durcheinander wie auf einem Markt. Ich stand zwischen den Menschen, sah sie an und verstand nicht, worüber sie sich so freuten. Später erklärte mir mein Vater:"Wir sind über die Grenze gefahren und nun im 'Westen'."

Unser Zug fuhr weiter. Als es dunkel wurde, hielt er an einem kleinen Bahnhof nicht weit hinter Ruhland an. Die Schiebetür wurde geschlossen, Decken und Kissen zum Schlafen ausgebreitet. Jeder versuchte sich auszustrecken, so gut es ging. Bei 32 Menschen in einem Waggon eine Schachtelarbeit. Meine Eltern lagen direkt vor der Schiebetür. Zu ihren Häupten stand der Blecheimer. Er war für die nächtliche Notdurft bestimmt.

Am nächsten Morgen bekamen wir einen Kübel Wasser zum Waschen. Ich machte erfolgreich einen Bogen um ihn. Nachdem wie am Vortag die Lebensmittel verteilt waren, fuhr der Zug weiter. Das Wetter war wieder schön, deshalb blieb die Tür offen. Wir fuhren gemächlich durch die Landschaft, nur an kleinen Orten vorbei, nie durch eine große Stadt. Einmal lasen wir ein Schild: Wittenberg. Mein Vater meinte: „Das muß die Strecke nach Magdeburg sein." Er kannte sie, weil er da Freunde hatte. Wir kamen jedoch nicht dorthin. Man erzählte sich, die Städte wären kaputt, mit Flüchtlingen überfüllt, und es würde nichts zu essen geben. Unser Zug mußte oft anhalten. Weshalb, wußten wir nicht. Es dauerte dann unterschiedlich lange, bis er weiterfuhr.

Einmal standen wir vor einer großen Hecke, voll mit reifen Brombeeren.Das hielten wir nicht aus. Wir sprangen vom Wagen und schlugen uns den Bauch voll, bis der Lokführer uns zurückpfiff. Der zweite Tag verlief ohne weitere Vorkommnisse. Abends wurde die Tür wieder geschlossen. Alles wie gehabt.

Am dritten Tag wurde uns mitgeteilt, daß wir abends am Ziel sein würden. Das war uns recht. Wir hatten die Fahrerei satt. Heute fuhren wir zum ersten Mal in eine große Stadt: Hannover. Aber wir hatten dort keinen Aufenthalt. Es war, als hätte es der Zugführer nun selbst eilig, ans Ziel zu komen. Er beschleunigte das Tempo.

Einmal gab es noch eine lange Pause. Der Zug war von Weiden umgeben, auf denen Kühe grasten. Nicht weit von uns sah man einen Bauernhof. Der 10-jährige Sohn von der Frau, die sich bei der Fahrt über die Neiße so über ihre Freiheit gefreut hatte, kam auf die Idee, zu dem Bauernhof zu laufen und um Milch für seine zweijährige Schwester zu bitten. Er rannte mit einer Kanne los. Wir warteten mit Spannung auf seine Rückehr.Endlich sahen wir ihn vom Hof kommen. Er hielt die Kanne hoch zum Zeichen, daß er Milch hatte. In diesem Augenblick pfiff die Lokomotive. Der Zug bewegte sich. Was nun geschah, ging so schnell, daß ich kaum folgen konnte: Die Frau warf meiner Mutter ihre Tochter in die Arme. Sie sprang aus dem Wagen und rannte mit einem gellenden Schrei an den beiden vorderen Waggons vorbei zur Lokomotive. Der Lokführer hörte es und hielt den Zug an. Er wartete, bis der Junge und seine Mutter bei uns im Wagen waren. Später trank das kleine Mädchen die Milch. Wir sahen alle zu.

Nun gab es keinen Aufenthalt mehr. Am Nachmittag kamen wir in Quakenbrück an: Endstation. - Die ersten Menschen, die uns auf dem Bahnsteig begegneten, waren Russen. Wir kannten ihre Sprache. Wir hatten sie zu Hause als Sieger erlebt. Hier sahen wir ehemalige Kriegsgefangene der Deutschen.

Einreise

Im Bus duftet es nach Kaffee. Ich komme zu mir und in die Gegenwart zurück. Frau Müller hat Brötchen geschmiert. Die Würstchen sind heiß, Bier und Sekt kaltgestellt.
Steven hat bei Lübben die Autobahn verlassen und steuert eine Tankstelle an. „Ich lasse jetzt den Bus volltanken," sagt er. „Dann machen wir Pause." Während der Fahrt hierher war es still. Jeder hing auf seine Weise seinen Gedanken nach. Einige haben geschlafen. Einmal nahm ich wahr, daß Thomas Oma Haubitz etwas gefragt hat, aber ich konnte es nicht verstehen. Ich war zu weit weg.
Jetzt fangen wir an, uns zu räkeln. Ein allgemeines Murmeln beginnt. Hunger kommt auf. Die pensionierte Studienrätin ist aufgestanden: "Ich kann nicht mehr sitzen." - Nachdem der Tank voll ist, sucht Steven eine Parklücke. Das ist nicht einfach, denn der Parkplatz ist überfüllt. Schließlich hat er Glück. Am Ende des Platzes fährt ein anderer Bus fort.

- FRÜHSTÜCK - RAUCHEN - LUFT SCHNAPPEN - FÜẞE VERTRETEN -
TOILETTENGANG -

Weiterfahrt um 7³⁰ Uhr: „Wie weit ist es noch bis zur Grenze?" - „Eine gute halbe Stunde."

Vierzig Minuten später sind wir am Grenzübergang Forst. - Warten. Vor uns werden drei Busse abgefertigt, einer fährt nach Kasachstan.Wir vertreten uns die Füße, werden ungeduldig. Nach fast zwei Stunden ist es soweit. Die Grenzformalitäten: Paßkontrolle. Alles in Ordnung. Wir dürfen die Grenze passieren. Das erste Schild, das ich in Polen lese: WROCLAW - 2o3 km. Unser heutiges Ziel.

Steven hält nach wenigen Metern noch einmal an. Er öffnet die Tür. Herr Galitzky steigt ein. Er wirkt zierlich und sehr behende. Mir fallen seine lebhaften Augen und ausgeprägten Gesten auf. Er begrüßt Steven und Frau Müller, die er allem Anschein nach gut kennt. Dann wendet er sich an uns: „Guten Morgen. Ich bin Ihr Reiseleiter." Er spricht fließend deutsch, nicht akzentfrei, aber sehr deutlich. Wir erfahren, daß er 68 Jahre alt ist, Lehrer für Geschichte und Geographie war, fünf Kinder und 12 Enkelkinder hat. Er fühlt sich gut. Die Tätigkeit als Reiseleiter bereitet ihm Vergnügen. Er springt deshalb gern ein, wenn wie heute ein junger Kollege verhindert ist. Dann gibt er uns einige Informationen über den Ablauf der Reise: Heute Nachmittag Stadtrundfahrt, morgen ins Riesengebirge, übermorgen Besichtigung und Führung auf der Dominsel, anschließend zur freien Verfügung. „Dieses Programm ist ein Vorschlag," sagt er. „Sie müssen nicht immer dabei sein. Ich weiß, unter Ihnen sind sicher Teilnehmer, die Orte ihrer Kindheit besuchen möchten. Tun Sie das! Wenn ich kann, helfe ich Ihnen dabei." Jetzt bin ich hellwach: Ullersdorf! Ob es möglich ist...? Ein Entschluß reift in mir.

Herr Galitzky sieht auf seine Uhr. „In etwa zwei Stunden werden wir in Wroclaw sein. Diese Zeit möchte ich nutzen und Ihnen die Geschichte unseres Landes erzählen." O je, denke ich. Jetzt wird uns der Kopf schwirren von Jahreszahlen, Schlachten, Herrschergeschlechtern, Machtwechseln und Völkerwanderungen. Ich blicke aus dem Fenster und beschließe abzuschalten. Es entsteht eine Pause. - Dann ruft Herr Galitzky: "Sehen Sie her !"

Er hat von der linken zur rechten Seite des Busses eine Leine gespannt und fünf unterschiedliche Karten von Polen mit Klammern daran befestigt. Es sieht lustig aus, wie sie während der Fahrt auf- und abwippen. „So verschieden hat unser Land im Verlauf der Geschichte ausgesehen. Meine Karten sind nicht genau gezeichnet. Das müssen Sie mir nachsehen. Dafür ist es echte Handarbeit, wie man bei Ihnen sagt. Eigentlich müßte ich noch mehr davon aufhängen, aber dann bekomme ich Probleme mit Steven." Herr Galitzky bückt sich, nimmt einen Zeigestock aus seiner Tasche und beginnt:

„Die Geschichte von

Polen   und   Schlesien

ist - wie Sie sehen werden - nicht immer dieselbe. Ich werde versuchen, beiden gerecht zu werden."

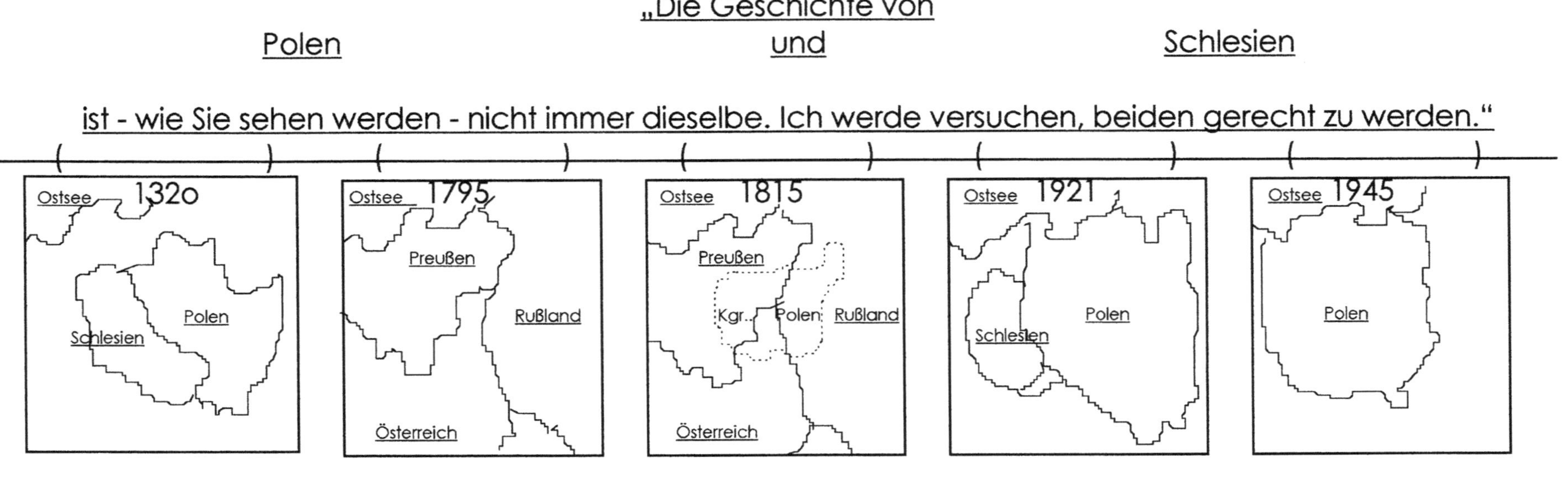

„Wie entsteht ein Land mit seinen Grenzen ? - Durch seine Bewohner ! Es war die slawische Bevölkerung der Polanen, die in unserem Land seßhaft wurde und ihm seinen Namen gegeben hat. Die Polanen werden im 9.Jahrhundert zum ersten Mal genannt. Menschen, die vorher hier waren, sind namenlos geblieben. Sie durchzogen das Land, ohne sich niederzulassen. Sie fühlten sich nicht als Volk. Sie hatten noch keine Volksseele.

Und woher kommt der Name Schlesien, das wir heute Slask nennen?" - „Von den Silingern," ruft die pensionierte Studienrätin. - „Richtig," bestätigt Herr Galitzky. „Ihr Königtum ist etwa um 500 nach Chr. untergegangen. Mitte des 6. Jahrhunderts hat dann ein slawischer Stamm ihren Namen in seine Sprache übernommen: Die Slensanen. Daraus wurde Schlesien. Lateinisch Silesia, polnisch Slask."

<u>Polen</u>   <u>und</u>   <u>Schlesien</u>
<u>vom 1o.-12. Jahrhundert</u>

„Der Sage nach war es ein Bauer, der die Herrschaft im Gebiet der Polanen übernahm: <u>Piast</u> war sein Name. Er wird als Begründer der Dynastie der <u>Piasten</u> genannt. Mieszko I. ist als erster polnischer Fürst namentlich bekannt. Von <u>960</u> - <u>992</u> hat er sein Land gut regiert. Wissen Sie warum ? Er heiratete die <u>böhmische</u> <u>Fürstentochter</u> Dubrava. Sie brachte das Christentum ins Land. Mieszko ließ sich und sein Volk nach lateinischem Ritus taufen. Dies geschah sicher nicht nur aus Frömmigkeit. Polen gehörte nämlich von nun an zum christlichen Abendland. Für das polnische Fürstenhaus bedeutete die Annahme des Christentums Anerkennung und Gleichberechtigung mit dem sächsischen Hochadel. Daraus ergaben sich Heirats- und andere Beziehungen. Mieszko nahm z.B. an den berühmten Hoftagen der deutschen Kaiser teil. Sie sehen, Beziehungen waren auch damals schon wichtig.

Schlesien stand Anfang des <u>10</u>. <u>Jahrhunderts</u> zunächst unter <u>böhmischem</u> Einfluß. Unter Vratislav erfolgte die Gründung von <u>Wroclaw</u> als Grenzfestung und erhielt seinen Nahmen: <u>Vratislavia</u>. Jedoch um das Jahr 1000 dehnte der Nachfolger Mieszkos seine Macht von <u>Polen</u> auf Schlesien aus. Er richtete eine polnische Kirchenprovinz ein, Wroclaw wurde Bistum. Nach seinem Tod wiederum nutzte der damals <u>böhmische</u> Herzog innere Streitigkeiten in Polen, um Schlesien erneut zu besetzen.
Um 1050 geriet der größte Teil Schlesiens dann wieder unter <u>polnischen</u> Machteinfluß, der durch den Glatzer Pfingstfrieden 1137 gesichert wurde. Nun begann auch in Schlesien die Herrschaft der <u>Piasten</u>. <u>Wladyslaw</u> II. regierte von 1138 - 1146 und gilt als Stammvater einer selbständigen schlesischen <u>Piastendynastie</u>. Die Piasten waren ein fruchtbares Geschlecht und wollten alle regieren. So wurde das Land im Laufe der Zeit durch Teilungen in Herzogtümer aufgespalten. Bereits jetzt können Sie erkennen, daß dem Land Schlesien ein wechselvolles Schicksal in die Wiege gelegt worden ist."

<u>Polen</u>   <u>und</u>   <u>Schlesien</u>
<u>vom 13.-14. Jahrhundert</u>

„Zur Zeit nach Mieszko gibt es zu sagen, daß es wie so oft in reichen Familien zu Bruderzwisten und Erbstreitigkeiten kam. Dadurch wurden Angriffe aus dem Ausland begünstigt. Schließlich konnten zu Beginn des <u>13. Jahrhunderts</u> die innerpolitischen Teilungen überwunden und durch den Sieg der kleinpolnischen Piasten ein <u>Königreich Polen</u> gegründet werden. Zwei Könige sind in der Folgezeit von Bedeutung: Wladyslaw I. Lokietec, genannt Ellenlang. Er förderte Polens Ansehen nach außen, indem er sich <u>132o</u> in Krakau zum König krönen ließ. Seitdem galt <u>Krakau als Königsstadt</u> wie z.B. Aachen im Heiligen Römischen Reich Deutscher Nation. Der zweite wichtige König ist Kasimierz III. Wielki, genannt der Große. Ihm ist die Gründung der <u>Universität Krakau</u> im Jahr <u>1364</u> zu verdanken. Auf diese Weise sollte die Ausbildung von jungen Adligen im eigenen Land möglich sein und ihnen der Weg nach Padua oder Bologna erspart bleiben. Dann gab es noch einen König mit dem Beinamen Schiefmaul. Er hat jedoch nichts Besonderes vollbracht. Deshalb können Sie ihn vergessen.

Von <u>1201-1238</u> regierte in Schlesien <u>Herzog Heinrich</u> I. Er hatte eine sehr fromme Frau, <u>Hedwig von Andechs-Meran</u>. Sie war eine bewundernswerte Persönlichkeit und wurde die Namenspatronin vieler Kirchen. In die Geschichte ist sie als Schutzheilige Schlesiens eingegangen.
Zu Beginn des 13. Jahrhunderts war Schlesien ein dünn besiedeltes Land. Herzog Heinrich I. und seine Frau Hedwig sorgten dafür, daß <u>deutsche Einwanderer</u> kamen. Zunächst ging es darum, neue bäuerliche Siedlungen zu schaffen. Später kamen aus Deutschland auch Kaufleute, Handwerker und Bergleute. Am Ende des 13. Jahrhunderts war die Bevölkerungszahl stark angestiegen. Städte und Dörfer entstanden, zahlreiche Klöster und Kirchen wurden gebaut, u.a. auch Grüssau.
Schlesien war nun ein Land, in dem Menschen verschiedener Völker lebten. Kein Wunder, daß es in der Folgezeit von verschiedenen Staaten begehrt wurde."

<u>Polen</u>   <u>und</u>   <u>Schlesien</u>
<u>im 15. Jahrhundert</u>

„Wie es so geht in Fürstenfamilien, irgendwann fehlt ein männlicher Nachfolger und eine Frau wird gewinnbringend an den Mann gebracht. In diesem Fall war es <u>Jadwiga</u>, die als 11-jähriges Mädchen <u>1384</u> in Krakau gekrönt und <u>1386</u> als piastische Thronerbin mit dem mächtigen Fürsten der Litauer <u>Jagiello</u> verheiratet wurde. Sie war damit ein Spielball des polnischen Hochadels, der bereits unter Kasimierz III. zu einem politisch einheitlichen Stand mit besonderen Rechten herangewachsen war und in der Frage der Thronfolgeregelung seinen Einfluß ausbauen konnte, was er - wie Sie sehen - erfolgreich tat. Jagiello war mehr als 20 Jahre älter als Jadwiga. Er trat bei seiner Heirat zum Christentum über und erhielt den Taufnamen Wladyslaw II. Als ein bereits erfahrener Herrscher regierte er von <u>1386-1434.</u> Die Jagiellonen bauten in der Nachfolge ihre Macht aus und beherrschten zeitweise Polen, Litauen, Böhmen und Ungarn. Zwischen Polen und Litauen vollzog sich langsam ein Prozeß innerer Vereinheitlichung. Der polnische Adel erwarb weitere Rechte, z.B. die Zustimmung auf den Landesversammlungen, genannt Sejmiki, ohne die es keine politische Veränderung im Land geben durfte. Der litauische Adel erhielt den Zutritt zum Abendland.

Im <u>15. Jahrhundert</u> war Schlesien mit seinen Herzogtümern unabhängig von Polen. In dieser Zeit kam es zu einem wirtschaftlichen Niedergang und Rückgang der Besiedlung. Viele Bauern wanderten von Höfen mit schlechten Böden auf freiwerdende bessere ab oder gingen in die Städte. Slawen und Deutsche begannen sich zu vermischen. Im Laufe der Zeit kam es zu einer Neuverteilung der Sprachgebiete. Während in Niederschlesien weitgehend deutsch gesprochen wurde, dominierte in Oberschlesien die polnische Sprache, wobei es auf beiden Seiten Sprachinseln mit deutschen bzw. polnischen Minderheiten gab. Hier können die Ursprünge für eine spätere Sonderentwicklung von Oberschlesien liegen, wie wir noch sehen werden."

<u>Polen</u>   <u>und</u>   <u>Schlesien</u>
<u>im 16. Jahrhundert</u>

„Unter der Herrschaft der Jagiellonen erlebte Polen von 1506-1572 das, was man das „<u>Goldene Zeitalter</u>" nennt. Der Adel besaß die politische Mitsprache und das Vetorecht. Es entstand ein blühender Handel mit Getreide, Holz, Vieh und anderen Waren. Wenn es einem Land gut geht, kann es sich auch kulturell entwickeln. Die allgemeine Bildung nahm zu. <u>1580</u> war ein Viertel der polnischen Bevölkerung alphabetisiert.Die ersten Bücher in polnischer Sprache wurden geschrieben. In Krakau gab es acht Druckereien. - Viele Bauten entstanden: z.B. die Tuchhallen in Krakau, Paläste, Rathäuser, Kirchen und Klöster. - Kunst und Wissenschaft blühten. Ich nenne hier beispielhaft den Astronomen Nikolaus Kopernikus und den Nürnberger Bildhauer und Maler Veit Stoß, der in Krakau den spätgotischen Hochaltar in der Marienkirche schuf." - „Das war aber noch vor dem „Goldenen Zeitalter"! gibt die pensionierte Studienrätin zu bedenken. -"O, Sie haben gut aufgepaßt," freut sich Herr Galitzky. „Ja, Veit Stoß hat von <u>1477-96</u> in Krakau gelebt. In dieser Zeit ist der Altar entstanden.

Im <u>16. Jahrhundert</u> erlebte Schlesien einen wirtschaftlichen Aufschwung. Vor allem die Eisenverhüttung, die Glasmacherei und die Leinenweberei spielten eine wichtige Rolle. Durch seine Anbindung an Böhmen wurde das Land, in dem es zu der Zeit noch 3 piastische Fürstenhäuser gab, <u>1526</u> <u>habsburgisch</u>, da Erzherzog Ferdinand, der spätere Kaiser, die böhmische und ungarische Krone erbte. Das Haus Habsburg verlangte nun Abgaben von Schlesien in Form von Steuern. Trotzdem entstanden aufgrund des wirtschaftlichen Aufschwungs Renaissanceschlösser wie z.B. in Brieg, bei denen der Einfluß italienischer Künstler stilbildend gewesen ist.
Durch die Reformation und den Einfluß der Lehre Luthers verstärkte sich auch die Bindung an Deutschland. Zwar versuchte Rudolf II. nach seinem Amtsantritt <u>1576</u> wieder die katholische Lehre bei der inzwischen überwiegend evangelischen Bevölkerung in Schlesien einzuführen. In einem Dokument von <u>1609</u> wurde jedoch festgelegt, daß die verschiedenen Bekenntnisse gleichberechtigt nebeneinander bestehen durften."

Polen   und   Schlesien
im 17. Jahrhundert

„In Polen begann im 17. Jahrhundert die Zeit der Wahlkönige. Was bedeutet das? <u>1572</u> starb der Jagiellonen-
König Zygmunt II., ohne einen Sohn zu hinderlassen. Nun
konnte das Recht der freien Königswahl von <u>1429</u>, das
bisher erfolgreich unterlaufen worden war, ausgeübt
werden. Es bestand darin, daß jeder erwachsene Adlige
an der Wahl in Wola bei Warszawa teilnehmen konnte.
Die Rechte des Adels wurden in den <u>Articuli</u> <u>Henriciani</u>
zusammengefaßt und mußten von jedem neuen König
beschworen werden, sonst wurde er abgesetzt. Es hat
den Majestäten natürlich nicht gefallen, die Staatsmacht
nur zu repräsentieren. Deshalb wurden sie reichlich mit
Einkünften der Staatsbürger entschädigt. - Die Polen waren für die damalige Zeit sehr modern. Ihre Verfassung
könnte man fast demokratisch nennen. Der polnische
Reichstag, genannt Sejm, bestand aus dem Senat, dem
der König, Bischöfe und Vertreter der höchsten Staatsäm-
ter - z.B.Heerführer - angehörten, und den Vertretern des
Kleinadels, die als Abgeordnete auf den Landesversammlungen, den Sejmiki, gewählt wurden.- Das Rennen um
die polnische Königskrone wurde zum Gesellschaftsspiel
des europäischen Adels. Wahlkönige waren in der Folgezeit ein Bruder des französischen Königs Karl IX., 3 Habs-
burger, ein Fürst von Siebenbürgen und ein Sohn des
schwedischen Königs Johann III. Er konnte verhindern,
daß Polen in den 3o-jährigen Krieg hineingezogen wurde.

Im Gegensatz zu Polen hatte Schlesien unter den Wirren des
3o-jährigen Krieges zu leiden.Die Bürger wurden zur Wieder-
annahme des katholischen Glaubens oder zur Emigration
gezwungen, evangelische Gutsbesitzer verloren ihr Eigentum. Gleichzeitig begann die Einwanderung aus allen Ländern der österreichischen Monarchie. Das brachte wieder
neues Blut ins Land. Außerdem konnte der österreichische
Kaiser seine Macht in Schlesien festigen.
Mit dem Westfälischen Frieden trat eine gewisse Beruhigung
ein. Den evangelischen Fürsten und der Stadt Breslau wurde
Religionsfreiheit zugestanden. Sie erhielten das Recht auf drei
Gotteshäuser, die sogenannten Friedenskirchen. Eine davon
werden wir morgen in Schweidnitz sehen.<u>1675</u> starb der letzte schlesische Piast. Nun erfaßte die Gegenreformation das
Land.“

„Die Zeit der Wahlkönige brachte Polen den inneren Zerfall. Die Schweden hatten das Land 1655/56 fast kampflos überwältigt. Nur das Kloster Tschenstochau widerstand ihnen. Sein Marienbild symbolisiert bis heute für die Katholiken in Polen Freiheit und Einheit. Die „Schwarze Madonna" wird als „Königin Polens" verehrt.

Symbolisch für den damaligen Niedergang des Landes wurde das komplizierte System von Wahlen und Beratungen, das sehr zeitraubend war, da Beschlüsse einstimmig getroffen werden mußten. Man sprach deshalb von „polnischer Unordnung". Dieser Begriff wurde später aufgrund des Verfalls der Sitten, der Staatsinstitutionen und des Wohlstandes verallgemeinert." - „Bei uns heißt das „polnische Wirtschaft", sagt Oma Haubitz, und alle lachen. Herr Galitzky lacht auch. Dann fährt er fort: "Im Verlauf des 18. Jahrhunderts gab es noch fünf Wahlkönige. Der bekannteste war August der Starke aus Sachsen. Während der Sachsenzeit wurde Polen zum willkürlichen Objekt seiner Nachbarn. Russische, preußische und österreichische Truppen bewegten sich in Polen wie im eigenen Land. Im 7-jährigen Krieg war es Aufmarschgebiet für seine Nachbarn, die die Aufteilung Polens beschlossen hatten. Sie erfolgte in drei Schritten: 1772, 1793 und 1795. Sie sehen hier auf der Karte von 1795, daß es nach der 3. Teilung Polen nicht mehr gab. Aber eine lebendige Volksseele kann man nicht auslöschen.

Schlesien wechselte im 18. Jahrhundert seinen „Besitzer". Es wurde preußisch. 3 Eroberungskriege führte Friedrich II.:1742, 1745 und den siebenjährigen Krieg von 1756-63, unter dem das Land am meisten litt. Für Schlesien bedeutete dies große Veränderungen. So wurde zunächst eine moderne Verwaltung ins Leben gerufen mit einem Provinzialminister an der Spitze, der direkt dem preußischen König unterstand. Das Gerichtswesen war dem preußischen Justizminister untergeordnet. Die militärische Festigung war ein besonderes Anliegen Friedrich II. Deshalb führte er ein Kantonsystem für die Erfassung von Rekruten ein. Dies sind nur Beispiele für die umfassende und straffe Neuorganisation Schlesiens im Geiste Preußens. Österreichische Lässigkeit und wirtschaftliche Ineffektvität wurden durch preußische Strenge und Korrektheit ersetzt.Überspitzt formuliert könnte man sagen: Statt kunstvoller, aber in den Augen des neuen Herrn wenig nützlicher barocker Kirchen, Klöster und Paläste baute man jetzt praktische Finanzämter, Kasernen und Gefängnisse. Um das wirtschaftlich angeschlagene Schlesien wieder auf die Beine zu bringen und die Industrialisierung voranzutreiben, bemühte man sich wiederum um Zuwanderer aus Mittel- und Westdeutschland. So entstand um die Jahrhundertwende die oberschlesische Schwerindustrie. Die Auswirkungen dieser modernen Industrieentwicklung spiegelten sich besonders deutlich in den Weberunruhen 1793 wider."

Polen   und   Schlesien

im 19. Jahrhundert

„Als erste versuchten polnische Emigranten mit Hilfe der Franzosen einen Weg zur <u>Wiederherstellung</u> <u>Polens</u> zu finden. Eine polnische Legion von 10000 Mann wurde <u>1803</u> in Italien eingesetzt. Bleibende Erinnerung an sie ist unsere Nationalhymne: „Noch ist Polen nicht verloren....". Da heißt es im Refrain:"Marsch, marsch, Dabrowski, von Italien nach Polen ..."! Daran können Sie ermessen, wie stark der Glaube an ihr Land war. Sie sind nie angekommen. Napoleon wurde um Hilfe gebeten. Er nutzte dies aus, indem er 100000 Polen in der Grande Armée <u>1812</u> mit nach Rußland nahm, wo sie die Hoffnung auf den Rückerhalt ihres Landes mit dem Leben bezahlten. Auf dem Wiener Kongreß <u>1815</u> wurde zwar <u>über</u> Polen, aber nicht <u>mit seinen Vertretern</u> gesprochen. Zar Alexander, der als Befreier Europas gefeiert wurde, richtete als maximales Zugeständnis ein „Königreich Polen" in Personalunion mit Rußland ein. Damit war Polen aber nicht selbständig. <u>183o</u> lösten polnische Offiziere einen Aufstand aus, sie waren jedoch den russischen Truppen unterlegen. Von russischer Seite wurde dies bestraft, indem polnische Institutionen abgeschafft, zahlreiche Güter konfisziert und Universitäten geschlossen wurden. - Die polnische Intelligenz ging in die Emigration. Beispielhaft nenne ich den größten polnischen Dichter Adam Mikiewicz, der <u>1855</u> in Istanbul starb, und Frederic Chopin,der in Frankreich für die polnische Kultur und Nation warb.

Aufgrund der Eroberungen Napoleons Anfang des 19. Jahrhunderts geriet Schlesien erneut ins Kriegsgeschehen.<u>1812/13</u> wurde das Land zum Zentrum der Erhebung gegen Napoleon.Am <u>17.3.1813</u> verkündete Friedrich Wilhelm III. seinen berühmten Aufruf „An mein Volk". Der militärische Erfolg unter Marschall Blücher am <u>26.8.1813</u> bildete dann den Ausgangspunkt für die Befreiung ganz Deutschlands von der französischen Vorherrschaft. - Wirtschaftlich befand sich Schlesien nach <u>1815</u> erneut in einem schwierigen Zustand. Erst Mitte des 19. Jahrhunderts kam der industrielle Aufschwung mit dem Eisenbahnbau. An den Bahnlinien entstanden bevorzugt Industriebetriebe. Ab <u>1891-1917</u> wurde die Oder reguliert.Den größten Zuwachs erlebten bereits existierende Industriezentren wie Breslau, das Waldenburger Gebiet und vor allem Oberschlesien. Dort nahm die Bevölkerung derart zu, daß seit <u>1850</u> einige hunderttausend Menschen ins Ruhrgebiet abwanderten. Deshalb gibt es in Nordrheinwestfalen so viele Fußballer mit einem polnischen Namen."

22

„Das Schicksal der Polen unter den Teilungsmächten Österreich, Preußen und Rußland verlief unterschiedlich. Alle drei hatten aber das gemeinsame Ziel, die Polen in ihr Land zu integrieren. Dies führte allerdings nur zur Stärkung des Widerstandes und zur Gründung einer Nationalgesellschaft, die bei allen Polen ein umfassendes Geschichtsbewußtsein entwickeln sollte. In der polnischen Gesellschaft hatte der Adel seine Rolle als Sprecher der Nation verloren. Bürgertum, Bauern und Industriearbeiter gewannen an Einfluß. Es entstand eine sozialistische Bewegung, die sich jedoch in eine internationale und eine polnisch-nationale Gruppe spaltete.

Im 1.Weltkrieg machten die Teilungsmächte wie seinerzeit Napoleon den Polen Versprechungen, um Soldaten zu gewinnen. Am 22.1.1917 betonte als Erster Präsident Wilson das Recht der Polen auf einen eigenen Staat und brachte dies am 8.1.1918 in einem 14-Punkte Programm als Forderung ein. Der 1. Weltkrieg hatte das Problem Polen zu einem internationalen Streitfall gemacht, der über die Zuständigkeit der ehemaligen Teilungsmächte hinausgewachsen war. Das war für die Polen die Chance eines staatlichen Neubeginns, auf den sie seit mehr als 120 Jahren gewartet hatten. Am 7.10.1918 war es endlich soweit: Polen wurde wieder ein unabhängiges Land. Es entstand die 2. Polnische Republik.

In Oberschlesien hatte sich die politische, sprachliche und konfessionelle Sonderentwicklung immer mehr als typisch für eine Grenzregion gezeigt. Während in Mittel- und Niederschlesien die Mehrheit der Bevölkerung dem evangelischen Glauben angehörte, war Oberschlesien ein fast rein katholisches Land. Dort wurde im östlichen Teil ein polnischer Dialekt gesprochen, der mit deutschen Worten und Redewendungen durchsetzt war. Man nannte es „Wasserpolnisch". Eine Volkszählung von 1910 hatte ergeben, daß 66% der Bevölkerung von Oberschlesien polnisch- und 34% deutschsprachig waren. Deshalb sah der Versailler Vertrag vom 28.6.1919 die Abtretung von den Teilgebieten Schlesiens an Polen vor, in denen mehr als die Hälfte polnisch als Muttersprache angegeben hatten. Die Alliierten konnten sich jedoch zunächst nicht auf eine Teilungsgrenze einigen. So wehrte sich die polnisch sprechende Bevölkerung in drei Aufständen im August 192o, 1921 und am 3.5.1921. Berühmt wurde vor allem der 3. Aufstand auf dem Annaberg, wo später für die Aufständischen ein Denkmal errichtet wurde. Am 20.10.1921 kam es zur Abtretung Ostoberschlesiens an Polen. Ich habe dies auf der Karte von 1921 eingezeichnet. Zum Schutz der Minderheiten wurde eine „Genfer Konvention" beschlossen, die ab 15.5.1922 15 Jahre gelten sollte. Darin lag eine große Chance, Möglichkeiten für ein friedliches Zusammenleben von zwei Völkern zu entwickeln. Leider verlief die Geschichte anders."

„Bei der Grenzregelung für die 2. Polnische Republik standen sich zwei Meinungen gegenüber. Marschall Pilsudski, damals Mitglied der sozialistischen Partei, strebte vor allem Gebiete im Osten an. Man sprach vom jagiellonischen Prinzip. Sein Gegenspieler Dmowski vertrat die national-demokratische Partei und wollte westliche Gebiete bis zur Oder haben, was man als piastisches Prinzip bezeichnete. Sie sehen, man versuchte, an die Vergangenheit anzuknüpfen. Verwirklicht wurde eine Kombination beider Ideen, was dazu führte, daß Polen so groß war wie nie zuvor. Das machte die Nachbarn natürlich neidisch. Nach der Staatsgründung wurde Pilsudski Staatschef und versuchte trotz zersplitterter Parteienlandschaft eine nationale Konzentration zu erreichen. Bis zu seinem Tod 1935 wurden drei Verfassungen verabschiedet. Dennoch konnten weder in der Wirtschaft noch in der Sozialpolitik überzeugende Erfolge erzielt werden. Außenpolitisch hatte sich Polen von Frankreich gelöst und zu den Nachbarländern keine guten Kontakte entwickelt. Innenpolitisch wurden die Rechte der Minderheiten eingeschränkt, auch die der Deutschen. Dies nahm Hitler im Frühjahr 1939 zum willkommenen Anlaß, Polen durch intensive Propaganda zu provozieren und wenig später das Land mit seinen Truppen zu besetzen.

Die Teilung Oberschlesiens führte zur Abwanderung vieler Deutscher aus Ostoberschlesien. Dadurch entstanden zwar neue Industrieansiedlungen im Westen Schlesiens, durch die Weltwirtschaftskrise in den Zwanziger Jahren kam es aber dann zu wirtschaftlichen Einbrüchen und damit zu hoher Arbeitslosigkeit. Dies begünstigte, daß die Nationalsozialisten ihren Stimmenzuwachs allein von 1930-32 verdoppeln konnten. Mit dem Überfall deutscher Truppen auf Polen gewann Hitler ein riesiges Industriegebiet, in dem stillgelegte Betriebe zur Förderung der Kriegswirtschaft wieder in Betrieb genommen und damit neue, jedoch für Zerstörung sorgende Arbeitsplätze geschaffen wurden. Am 1.9.1939 war es soweit: Der 2. Weltkrieg begann. Was nun geschah.................“
Hier wird Herrr Galitzky unterbrochen.

„Wir sind in Breslau ! Wir sind in Breslau !" Die beiden Freundinnen
rufen es wie aus einem Mund. Unruhe entsteht. Einige erheben sich,
als könnten sie dann mehr sehen.

„ Was nun geschah, haben Sie und ich miterlebt," versucht Herr
Galitzky sein Thema abzuschließen. Aber es hört ihm niemand mehr
zu. So hängt er seine Karten ab, rollt sie zusammen und verstaut sie
in einer Plastiktüte.

Kurz darauf meldet sich Steven energisch zu Wort: „Hört mal zu,
Leute !" Es wird still. „Wir fahren jetzt zum Hotel. Dort erfolgt die
Zimmerverteilung so wie Sie gebucht haben. Anschließend können
Sie im Hotel etwas essen, Kaffee trinken oder einfach relaxen. Als
Ihr Busfahrer bin ich verpflichtet, mindestens zwei Stunden Pause
einzulegen. Bitte mal Uhrenvergleich ! Es ist jetzt 12^{15} Uhr. Unsere
Stadtrundfahrt beginnt um 14^{30} Uhr, ok ?" Da keine Einwände von
den Teilnehmern kommen : „Alle einverstanden, prima !"

Inge und ich haben ein Doppelzimmer gebucht. Ich gebe ihr meinen Paß und bitte sie, für uns beide das Zimmer zu belegen. „Ich
will mit Herrn Galitzky reden." - „Was hast Du vor ?" fragt sie. „Ich
möchte morgen nach Ullersdorf fahren und ihn bitten, mir einen
Fahrer zu organisieren." Sie sieht mich entgeistert an. „Davon hast
Du bisher nichts gesagt." - „Ich weiß es ja selbst erst seit zwei Stunden." Das stimmt nicht ganz; denn als der Reisetermin feststand,
kaufte ich eine Karte von Schlesien. Da die Ortsnamen in deutscher
Sprache darauf eingetragen sind, ließ ich sie vorsorglich zu Hause,
prägte mir jedoch so genau wie möglich Fahrtroute und die Lage
von Ullersdorf ein. Insgeheim hatte ich also gehofft, dorthin zu
kommen. Allerdings war mir nicht klar wie. Deshalb hielt ich die Erfül-
lung meines Wunsches für unrealistisch und sprach nicht darüber.
Erst nachdem Herr Galitzky uns ermunterte, Orte unserer Kindheit
aufzusuchen, und uns seine Hilfe dazu anbot, sah ich eine Chance.
Und die will ich wahrnehmen.

Als wir angekommen sind, spreche ich ihn in der Hotelhalle an und trage meinen Wunsch vor. „Ich will Ihnen gern behilflich sein," sagt er. „Setzen wir uns dorthin." Wir gehen zu einer Sitzgruppe und nehmen Platz. Herr Galitzky greift in seine Tasche, zieht eine Karte von Schlesien heraus und breitet sie auf dem Tisch aus. Alle Ortsnamen sind in polnischer Sprache eingetragen. „Wo möchten Sie denn hin ?" Er deutet auf unseren Standort: Wroclaw. „Das Dorf ist etwa 120 km von Wroclaw und 2 km von der tschechischen Grenze entfernt," sage ich und stelle fest, daß mir das Herz bis zum Hals klopft. Er zeigt mir die tschechische Grenze. Ich lese Namen und weiß nichts damit anzufangen. „Kloster Grüssau ist in der Nähe," fällt mir ein. Das kennt er: „O ja, es liegt hier." Er tippt mit seinem Kugelschreiber darauf. Ich studiere die Namen in der Umgebung: „Lubawka, das könnte Liebau sein." Dann lese ich winzig gedruckt daneben:"Ullanovice." - „Wie hieß Ihr Dorf ?" fragt Herr Galitzky. - „Ullersdorf." - „Das ist es," behauptet er, und seine Sicherheit überzeugt mich. „Mein Neffe spricht deutsch. Er kann Sie morgen hinbringen. Ich rufe ihn an und sage Ihnen heute abend, wann er Sie abholt." - Ich bedanke mich.

„Was hast Du erreicht," fragt Inge, als ich ins Zimmer komme. Julia, die nebenan Quartier bezogen hat, sitzt dabei und ist ebenfalls gespannt. Ich berichte. - „Na gut," meint Inge, „wenn sein Neffe Dich fährt, kannst Du uns nicht verlorengehen." - Dann hat sie eine Idee:" Du sagst, das Dorf liegt im Riesengebirge ? Dann könntet Ihr doch anschließend nach Karpac kommen, wo wir nach der Fahrt zur Schneekoppe zu Mittag essen." -„Ich werde es Herrn Galitzky vorschlagen." -Dann legen wir bis zur Stadtrundfahrt die Beine hoch und hängen unseren eigenen Gedanken nach.

Stadtrundfahrt

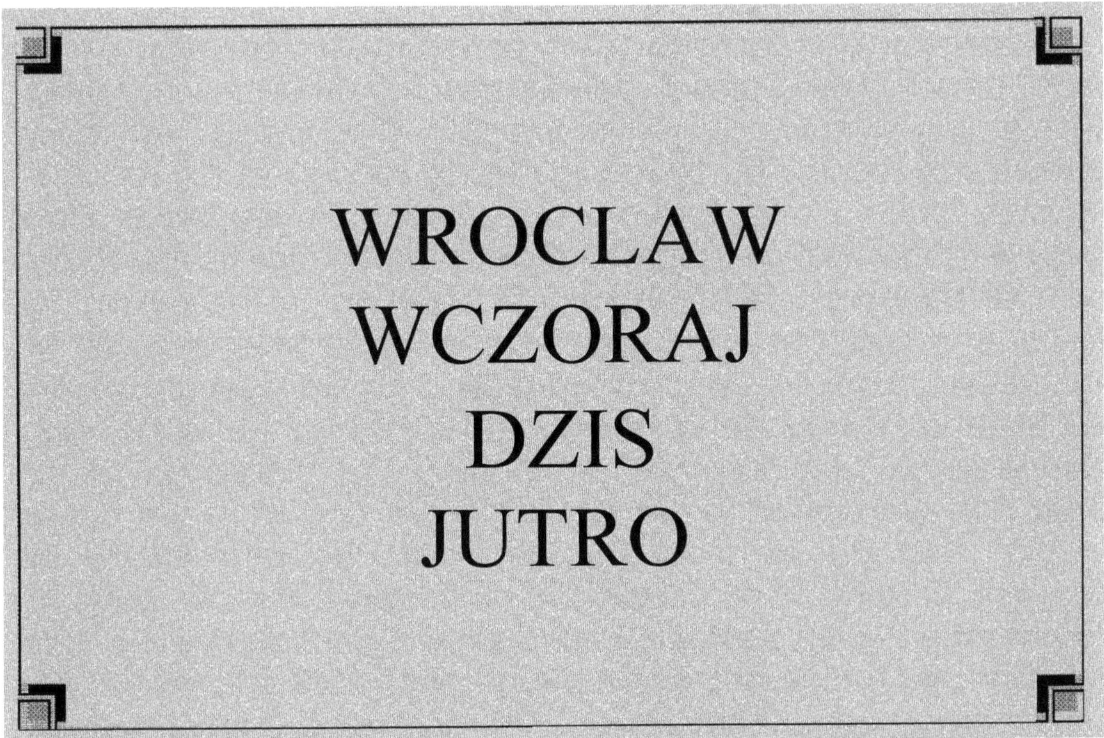

Deutsch: Breslau; Gestern - heute - morgen
Tafel im Architekturmuseum in Wroclaw

Ich stehe am Fenster unseres Zimmers im 7. Stock und sehe auf die Stadt. Vor dem Hotel befindet sich ein großer Parkplatz. Eine breite Verkehrsstraße schließt sich an und dann eine Eisenbahnlinie. In der näheren Umgebung kann ich nur Neubauten entdecken, die ähnlich unansehnlich sind wie viele bei uns im „Westen". In der Ferne erkenne ich Kirchtürme. Dort muß die Dominsel sein. Inge weckt mich aus meiner Betrachtung: „Wir müssen zum Bus !" - Steven ist ausgeruht und hilft uns beim Einsteigen. Pünktlich um 14^{30} Uhr geht es los.

„Wroclaw war eine zerstörte Stadt, als ich nach dem Krieg hierher kam," beginnt Herr Galitzky. „Die Straßen, durch die wir im Augenblick fahren, glichen einem Trümmerfeld. Die meisten von Ihnen kennen das alte Breslau. Bitte erzählen Sie mir davon! Ich will Ihnen verraten, daß ich alte Sagen und Geschichten von dieser Stadt sammle." Dann teilt uns Herr Galitzky den Ablauf der Stadtrundfahrt mit: „Sie haben heute schon viele Stunden im Bus gesessen. Das Wetter ist schön. Deshalb schlage ich einen Spaziergang vor. Wir besichtigen zunächst den Rathausplatz. Von dort gehen wir zum Blücherplatz. Anschließend sehen wir die Elisabeth- und die Magdalenenkirche und bummeln dann über den Neumarkt bis zur Oder, wo wir einen schönen Blick zur Sand- und Dominsel haben werden. Dort gibt es auch einen Parkplatz, auf dem Steven mit dem Bus auf uns warten kann. Wir umfahren dann die Dominsel und machen einen Abstecher zum Scheitniger Park und zur Jahrhunderthalle. Zum Schluß unserer Rundfahrt möchte ich Ihnen das Architekturmuseum zeigen. Es ist 1965, also nach dem 2.Weltkrieg entstanden." - Er macht eine Pause, damit wir das Gesagte verarbeiten können.

Inzwischen sind wir unter der Eisenbahnlinie durchgefahren und überqueren eine breite Straße: „Das ist die Gartenstraße!" entfährt es der Frau, die vor mir sitzt. Einige Teilnehmer stürzen sich von der anderen Seite des Busses auf unsere Fenster. „Nein!" tönt es von den zwei Freundinnen zurück, „die Tauentzienstraße !" Verunsichert setzen sich die Teilnehmer wieder hin.

Unser Bus erreicht einen Platz, auf dem rechter Hand ein großes Gebäude aus den zwanziger Jahren steht: „Kaufhaus Wertheim !" schallt es nun von allen Seiten und:" Wir sind in der Schweidnitzer Straße!"

Herr Galitzky hat Mühe, uns zu erklären, daß es sich heute um das Warenhaus „Centrum" handelt und in der Swidnicka, wie sie jetzt heißt, anschließend auf der rechten Seite die Corpus Christi Kirche, dann links die Staatliche Oper, danach die Kirche der heiligen Dorothea und im Hintergrund das Archäologische Museum zu sehen sind. Kurz vor dem Rathausplatz steigen wir aus und gehen das letzte Stück zu Fuß.

„Wir wollen zunächst um den Platz herumgehen," schlägt Herr Galitzky vor. Er erklärt uns, daß die Seite im Westen des Rynek, wie er heute heißt, früher „Kurfürsten-Seite", im Norden „Naschmarkt-Seite", im Osten „Grüne-Röhr-Seite" und im Süden die „Goldene Becher-Seite" genannt wurde. Dann informiert er uns über die Restaurierung von den Fassaden der vorwiegend barocken Giebelhäuser, die das mächtige Rathaus umgeben: „Ein ehemaliger Stadtbaurat - er hieß Rudolf Stein - hat in den Zwanziger Jahren ein Modell der Bebauung am Ring angefertigt. Daran haben sich unsere Restauratoren orientiert." Besonders weist er uns auf das aus dem 16. Jahrhundert stammende 'Greifenhaus' an der Westseite hin, das 7 Stockwerke über und 3 Stockwerke unter der Erde hat. Schließlich wenden wir uns dem Rathaus zu. „Der ursprünglich gotische Bau entstand in den Jahren 1471-15o4. Die Ausgestaltung dauerte jedoch bis zum Ende des 16. Jahrhunderts." Herr Galitzky macht auf die Süd- und Ostfassaden aufmerksam, die durch reichen bildhauerischen Schmuck geprägt sind, und zeigt uns das runde Zifferblatt im quadratischen Rahmen der astronomischen Uhr von 158o. Vor dem Eingang zum Schweidnitzer Keller, in dem sich seit alters her ein Restaurant befand, bleiben wir stehen: „Der Schmuckfries über dem Eingang ist besonders reich ausgestaltet. Auffallend sind - wie auch sonst bei den Erkern am Rathaus - die vielen Eichelverzierungen."

„Ja," unterbricht ihn die Frau, die mit ihrem Sohn hier ist, „das kommt vom Eichelberg." - „Was hat es damit auf sich ?" will Herr Galitzky wissen. „Mein Vater hat mir als Kind erzählt," fährt die Frau fort, „daß es in uralter Zeit an diesem Platz, wo jetzt das Rathaus steht, einen Hügel gegeben haben soll, der mit heiligen Eichen bewachsen war. Dort sei eine Weihestätte gewesen. Man habe sie „Eichelberg" genannt. Sie durfte nur von heidnischen Priestern zum Opferfest betreten werden. Zur Erinnerung an sie brachte man beim Bau des Rathauses an den Fenstern und Torbögen Eicheln und Eichenblätter als Verzierungen an. Sie wurden als Wahrzeichen von Breslau bezeichnet und waren auch auf einem früheren Stadtwappen zu sehen." - „Davon hast Du mir bisher nichts erzählt," sagt ihr Sohn. „Es ist mir eben wieder eingefallen," entgegnet seine Mutter. Erneut betrachten wir den Eingang zum Schweidnitzer Keller und entdecken auf einmal viele Eicheln und Eichenblätter. -An der Treppe, die in den Keller hinunterführt, liest Thomas einen Spruch:

„Wenn mancher Mann wüßte,
wer mancher Mann wär',
tät mancher Mann manchem Mann
manchmal mehr Ehr."

„Was soll denn das bedeuten?" fragt er. Die pensionierte Studienrätin erklärt ihm: „In früherer Zeit hat sich einmal ein Kaiser als Bürger verkleidet, so daß ihn niemand erkennen konnte. Er ging in den Schweidnitzer Keller und wollte erfahren, wie das Volk über ihn denkt. Da hat er viel Kritik und Unzufriedenheit über sich gehört. Das gefiel ihm natürlich nicht, und deshalb hat er diesen Spruch mit Kreide auf seinen Tisch geschrieben. Er wollte damit sagen :"Wenn Ihr wüßtet, wer ich wirklich bin, würdet Ihr nicht so reden."

Wir wollen weitergehen, da meldet sich der alte Mann mit der Armprothese zu Wort: „Ich war 1945 beim Volkssturm und mit einem Kameraden hier am Rathaus postiert. Es sah nicht gut aus für uns. Besonders wenn bei Anbruch der Dunkelheit die „Nähmaschinen" kamen, ging uns ganz schön die Muffe." - „Was für Nähmaschinen?" fragen wir. - „Na, das waren die russischen Bomber," knurrte der alte Mann. „An einem Abend war es besonders schlimm. Wir versuchten, uns abzulenken und erzählten uns allerlei. Mein Kamerad behauptete, in der Stadt ginge die Rede um, daß es in alter Zeit in einem Nebenkeller vom Schweidnitzer Keller einen unterirdischen Verbindungsweg bis nach Zobten gegeben haben soll. Der Tunnel wäre so groß gewesen, daß zwei Pferdewagen ohne Mühe aneinander vorbeifahren konnten. Wir hätten an diesem Abend viel darum gegeben, den Eingang zu finden." - „Sie sind auch so am Leben geblieben," meint Oma Haubitz. - „Ja," antwortet der alte Mann, „aber mein Kamerad war zwei Tage später tot."-

Schweigend gehen wir zum Blücherplatz, der an den Rathausplatz angrenzt. Herr Galitzky informiert uns, daß es sich um den früheren Salzplatz handelt, da Breslau im 14. Jahrhundert das Salzmonopol erhielt. Er zeigt uns den klassizistischen Bau der alten Börse und macht besonders auf die restaurierten Fassaden auf der West- und Ostseite des Platzes aufmerksam.

„An diesem Platz war mir immer gruselig," sagt die Frau aus Zobten. „Warum?" erkundigen wir uns. „Ich war öfter mit meiner Großmutter hier. Sie holte da in der Mohren-Apotheke eine Salbe, die extra für sie angefertigt wurde. Einmal habe ich sie gefragt, weshalb die Apotheke so heißt. Da hat sie mir erzählt, daß dort früher eine ägyptische Mumie ausgestellt war. Ihr schwärzliches Aussehen erinnerte an einen Mohren. Natürlich war die Mumie nicht mehr da. Angeblich wurde sie schon vor mehreren hundert Jahren verkauft. Aber mir gruselte trotzdem."

Wir laufen parallel zum Marktplatz eine Straße entlang und kommen zur Elisabethkirche. „Zwei Brände in den Jahren 1975 und 1976 haben das 1242 begonnene und Ende des 15. Jahrhunderts vollendete gotische Bauwerk zerstört. Die Orgel und die reiche Ausstattung der Kapellen in der Kirche wurden vernichtet," hören wir von Herrn Galitzky. „Auch der spätgotische Marienaltar ?" fragt die pensionierte Studienrätin. „Nein," antwortet Herr Galitzky, „den hat man nach dem 2. Weltkrieg zunächst ausgelagert und später ins Nationalmuseum nach Warschau gebracht. Dort befindet er sich heute noch. - Inzwischen wurde im Rahmen von Wiederaufbauarbeiten, an denen sich auch Ihr Land beteiligt, das Dach des Kirchenschiffs erneuert und der Turm wiederhergestellt." - „Der Turm ist doch früher einmal umgefallen," sagt Oma Haubitz. „Richtig," bestätigt Herr Galitzky, „das war 1529. Woher wissen Sie das?" - „Meine Mutter hat als Kind in der Straße, durch die wir eben gegangen sind, gewohnt. Wenn wir hierherkamen, hat sie immer gesagt: "Kind, paß auf den Turm auf, der ist schon einmal umgefallen." Natürlich war ich neugierig und wollte mehr darüber erfahren. Da hat sie mir erzählt, daß der Turm im Mittelalter 13o m hoch war und die Spitze immer schiefer wurde - wie der schiefe Turm von Pisa. Eines Nachts ist dann ein großer Sturm gekommen und hat die ganze Spitze vom Turm gerissen. Zum Glück waren alle Leute zu Hause. Nur eine Katze ist erschlagen worden. Später wurde der Turm wieder aufgebaut, aber nur noch 1o3 m hoch. Meine Mutter hat mir auch eine Gedenktafel gezeigt, wo das dargestellt ist." Herr Galitzky führt uns hin. Tatsächlich, es gibt sie noch. Es ist ein Reliefbild, das auch die Brände überdauert hat.

Unser Weg führt uns durch das Tor zwischen dem Hänsel- und Gretelhaus zurück zum Marktplatz. Wir überqueren ihn, um zur Magdalenenkirche zu kommen. Als Überleitung schildert Herr Galitzky uns, daß die Elisabethkirche im Mittelalter den Patrizierfamilien vorbehalten war, während die Magdalenenkirche von den Angehörigen der Handwerkerzünfte besucht wurde.

Dann fährt er fort: „Der Bau der gotischen Magdalenen-Kirche geht auf die Jahre 1342-62 zurück. Berühmt ist sie geworden wegen des romanischen Portals an der Südseite. Außerdem sind drei weitere Portale erhalten: das gotische Hauptportal an der Westseite, das barocke im Norden und ein Renaissanceportal. Die Kirche hat heute aufgrund ihres Wiederaufbaus nach 1947 ihr ursprüngliches Aussehen. Sie wurde übrigens erst nach Ende des Krieges am 18.5.45 durch Brandstiftung zerstört. Ein Teil des Südturmes stürzte in das Kirchengewölbe." - „Und dabei fiel auch die „Arme-Sünder-Glocke" den Flammen zum Opfer," bedauert die pensionierte Studienrätin. „Woher hatte die Glocke diesen Namen ?" will Herr Galitzky wissen. Die pensionierte Studienrätin berichtet von einem Ereignis, das sich vor etwa 600 Jahren abgespielt hat. „Dabei sind ein Glockengießer und sein Lehrjunge um's Leben gekommen." Sie erinnert sich: „Der Dichter Wilhelm Müller hat eine Ballade dazu geschrieben."

„Die mußten wir in der Schule auswendig lernen!" rutscht es einer der beiden Freundinnen heraus. „Können Sie sie noch ?" fragt Herr Galitzky. Die beiden sehen sich an, kichern wie zwei Schulmädchen, flüstern sich etwas zu und nicken. Dann räuspern sie sich und tragen die Ballade abwechselnd vor, wobei sie einige Male ins Stocken geraten, sich verbessern oder gegenseitig vorsagen.

So erfahren wir die Tragödie von dem Glockengießer in Breslau. Er war ein ehrenwerter Meister und hatte schon viele Glocken - große und kleine - gegossen. Die Krönung seiner Werke sollte jedoch die Glocke für die Magdalenenkirche werden. Tag und Nacht arbeitete er an der Form, bis sie seiner Vorstellung entsprach, für den Guß vorbereitet und das Metall im Kessel auf dem Feuer erhitzt war. Da rief der Meister seinen Lehrjungen und befahl ihm aufzupassen und ja nicht an dem Hahn zu drehen, während er seinen Durst löschen wollte. Der Lehrjunge war fasziniert von der brodelnden Masse im Kessel. Was verboten ist, war schon immer besonders reizvoll. Er hielt es nicht aus, still dabei zu stehen, drehte an dem Hahn, und das flüssige Metall ergoß sich in die Form.

Da bekam er große Angst, lief zu seinem Meister und beichtete, was er angerichtet hatte. Der Glockengießer was so entsetzt, daß er in ohnmächtigem Zorn mit einem Messer auf den Lehrjungen einstach. Dann lief er zu der Glocke und stellte fest, daß er selbst sie nicht schöner hätte vollenden können. Sein Lehrjunge aber starb.

Der Glockengießer war erschüttert über seine Tat und klagte sich selbst bei Gericht an. Die Richter bedauerten ihn sehr, jedoch er mußte seine Tat sühnen und wurde zum Tode verurteilt. Vor seiner Hinrichtung durfte er sich einen 'Gnadenschmaus' wünschen; aber er hatte keinen Hunger. Vielmehr bat er darum, daß die neue Glocke geläutet werden sollte, während er zum Sterben geführt wurde. Den Wunsch erfüllten ihm die Richter gern. Zuversichtlich ging er in den Tod, als er die Glocke hörte. Sie klang hell und rein. An diesem Tag erhielt sie den Namen „Arme-Sünder-Glocke".

Als die beiden Freundinnen ihren Vortrag beendet haben, ernten sie großen Beifall.

Wir bummeln in Richtung Oder zum Neumarkt: „Der Gabeljürge" ist weg!" Der alte Mann mit der Armprothese ist enttäuscht. Er hat in Erinnerung, daß in der Mitte des Platzes früher ein Brunnen stand, den die Gestalt Neptuns mit einem wie eine Gabel aussehenden Dreizack zierte. „Ja," fügt Herr Galitzky hinzu, „Auf diesem Platz lagen nur noch Trümmer." - „Früher war hier der Christkindlmarkt," erzählen die Freundinnen. - „Und der „Tippelmarkt," ergänzt Oma Haubitz. „Da wurde Tongeschirr verkauft," klärt sie Herrn Galitzky auf.

Wir kommen zur Oder und haben einen Panoramablick auf die Dominsel rechter Hand und die Sandinsel, zu der links von uns die Sandbrücke hinüberführt. „An diesem Platz haben wir schon einmal gestanden," erinnert sich der Mann aus Hirschberg. „Ja," bestätigt seine Frau, „wir waren auf Klassenfahrt. Hier unterrichtete uns unser Lehrer über die Namen der Kirchen und ihre Herkunft."

Sie denkt einen Augenblick nach. Herr Galitzky bittet sie fortzufahren.„Ganz rechts, zeigte uns unser Lehrer, sehen Sie die Türme vom Dom. Sein Name ist St. Johannes. Es heißt, daß die große Domglokke immer zu läuten begonnen hat, wenn ein Domherr starb. Dann sollten alle Menschen an den Tod denken und die Hilfe von Johannes dem Täufer erbitten." Dann wendet sie sich an ihren Mann: „Weißt Du noch, wie das mit der Kreuzkirche war ?" - „Ja, sie steht von hier aus gesehen links vom Dom und hat nur einen Turm. Es wurde berichtet, daß Arbeiter beim Ausheben der Baugrube für die Kirche eine Baumwurzel fanden, die wie ein Kreuz aussah. Man habe sogar erkennen können, daß der Heiland daran hing und am unteren Teil der Wurzel zwei Figuren, die aussahen wie kniende Menschen." - „Auf der Dominsel werden Sie übermorgen eine ausführliche Führung haben," ergänzt Herr Galitzky.- „Und die Sandkirche?" fragen wir und schauen zur Sandinsel hinüber. Er nickt: „Ja, dazu kann ich Ihnen etwas sagen. Sie ist die älteste der drei Kirchen. Mit dem Bau wurde 1148 auf der in der Oder befindlichen Sandinsel begonnen. Sie entstand aufgrund des Gelübdes einer Fürstin, die Maria hieß. Als ihre beiden Kinder schwer erkrankten und kein Arzt mehr helfen konnte, gelobte sie der Mutter Gottes, eine Kirche zu bauen, wenn die Kinder gesund würden. Wie Sie sehen, wurde sie erhört und hat ihr Versprechen gehalten. Die ursprünglich kleine Kirche hieß damals „Unserer lieben Frauen auf dem Sande".

Nachdem wir unsere Plätze im Bus wieder eingenommen haben, fahren wir an der Oder entlang und sehen auf der linken Seite das Universitätsgebäude aus dem 18. Jahrhundert. Dann biegen wir rechts ab und überqueren zwei Oderarme, halten uns wieder rechts und umfahren so die Dominsel. Dort irgendwo habe ich als Kind gewohnt. Immer wieder haben wir schöne Ausblicke auf den Fluß und die drei Kirchen. Fast wieder an der Oder angekommen, zweigt die Straße, die zum Scheitniger Park führt, links ab. Während dieser Fahrt überläßt uns Herr Galitzky unseren Gedanken, und das ist gut so, denn unsere Köpfe sind voll mit Erinnerungen.

Wir kommen zum Scheitniger Park.Hier sind wir früher sonntags oft
gewesen. Kuchen nahm meine Mutter mit, Kaffee oder Limonade
für uns Kinder konnte man dort bestellen. - Als wir den Park umfahren haben, holt Herr Galitzky uns in die Gegenwart zurück: „Gleich
werden wir die Jahrhunderthalle sehen. Der Stadtarchitekt Max
Berg hat sie für die Jahrhundertfeier der Befreiung Preußens von der
Herrschaft Napoleons von 1911-1913 bauen lassen. Sie hatte damals die größte freitragende Kuppel aus Stahlbeton auf der ganzen Welt. Der Durchmesser der Halle beträgt 95 m, die Spannweite
der Kuppel 65 m. Sie bietet 10 000 Menschen Platz". Auch die Jahrhunderthalle erkenne ich wieder. Heute heißt sie Hala Ludowa =
Halle des Volkes.

Wir fahren weiter über die Most Grunwaldzki, früher Kaiserbrücke,
und kommen zum Architekturmuseum. Wir hören, daß es sich im
ehemaligen Bernhardinerkloster befindet, daß zu 90% zerstört war
und nach 1949 restauriert wurde. Dabei fügte man auch Elemente
moderner Architektur ein. „In den Jahren von 1955-1965 wurde die
Altstadt von Breslau enttrümmert," erfahren wir. „Wertvolle architektonische Fragmente wurden gefunden, die man nicht in jedem Fall
zuordnen konnte. So entstand nach jahrelangem Sammeln eine
umfangreiche Kollektion, die so beachtenswert erschien, daß sie
ausgestellt werden sollte. Das Museum wurde am 1.1.1965 ins Leben gerufen. Es gibt viele Kunstmuseen in Polen, aber dieses Architekturmuseum ist einmalig. Deshalb schlage ich vor, daß Sie es besuchen."

Wir sind tatsächlich beeindruckt und bestaunen architektonische
Details aus Stein, Keramik, Holz und Glas. Wir sehen Portale, Säulen,
Kapitäle, Friese, Fenstereinfassungen und Glasmalereien. Wunder-
schön ist der Blick von den wieder aufgebauten Arkaden des Ost-
kreuzganges in den alten Garten.

Herr Galitzky erwartet uns vor dem Museum und ist mit unserer Begeisterung zufrieden. Dann fragt er schelmisch: „Kennen Sie die

Geschichte der Bernhardinermönche?" Wir verneinen und sehen ihn erwartungsvoll an. Er erzählt uns, daß die Mönche 1522 ihr Kloster verlassen mußten, weil sie einen zweifelhaften Leumund hatten.Sie bettelten um Almosen nd vertranken dann das Geld. Einer machte sich besonders unbeliebt. Er hieß Sperling. Wenn er betrunken war, legten ihn die Mönche in einen Garten und jammerten, daß er so krank wäre. Dann wurde er von den Menschen, die vorbeikamen, bemitleidet. Das Spiel trieben sie so lange, bis er gestand, daß er - wie sagt man bei Ihnen - „voll" wäre und sich ausschlafen müßte."

Die bebrillte Frau tippt Herrn Galitzky auf die Schulter: „Mein Mann kennt ein altes Spottlied dazu." - „Ja, das wollen wir hören!" -Der bebrillte Mann stellt sich in Positur, und seine Frau sieht ihn aufmunternd an.Von einem frechen Sperling ist die Rede in dem Spottlied. Der fraß den anderen alles weg, bis er rund und dick war. „A fettes Wampla hat a als wie a Putterstampla", hören wir im schönsten schlesischen Dialekt. Schließlich war der Sperling so fett, daß „a mit uffgebloosna Ziepsa do soaß und nimmer giepsa kunnde." Auf einmal hörte man es krachen, und „do loag das Viech, das dicke, zerplotzt ei tausend Sticke."

Die dicke Berlinerin wendet sich an ihre ebenso dicke Tochter: „Ick hab' keen Wort vastandn, Du?" - „Nee!" -

Steven bringt uns mit dem Bus zurück zum Hotel. Während des Abendessens lasse ich Herrn Galitzky nicht aus den Augen. Schließlich verabschiedet er sich: „Ich fahre jetzt nach Hause und schreibe Ihre Geschichten auf." Beim Hinausgehen kommt er an unseseren Tisch: "Miroslaw holt Sie morgen früh um 8⁰⁰ Uhr ab," sagt er zu mir und ist gleich darauf verschwunden.

Miroslaw

In dieser Nacht liege ich wach in meinem Bett. Inge ist neben mir sofort eingeschlafen und atmet tief. Zu meiner Verwunderung ist eine große Ruhe in mir. Mich beschäftigt nur der Gedanke: Werde ich Ullersdorf und das Haus finden? Als ich Kind war, sind wir von Breslau mit der Eisenbahn dorthin gefahren. Ich besitze eine alte Fahrkarte, ausgestellt auf die Wegstrecke: Breslau-Waldenburg-Dittersbach. Eine Station davor war Liebau. Dort stiegen wir aus und fuhren mit einem Taxi ungefähr 2 km nach Ullersdorf. Diesen_Weg - vom_Bahnhof_Liebau_bis_zu_unserem_ehemalligen_Haus - versuche ich, so genau wie möglich zu erinnern. Miroslaw kann mir helfen, nach Liebau zu kommen. Aber dann bin ich auf das angewiesen, was ich aus meiner Kinderzeit im Gedächtnis behalten habe. Gegen Morgen fallen mir schließlich die Augen zu, und als um 7⁰⁰Uhr der Weckruf über's Telefon kommt, habe ich fest und traumlos geschlafen.

Das Frühstück ist gut bis auf den Kaffee. Er ist so schwach, daß ich bedaure, keinen Nescafé mitgenommen zu haben. Herr Galitzky wünscht mir einen 'guten Morgen': „Miroslaw wartet mit seinem Wagen vor dem Hotel." Ich beeile mich und frage, ob es ihm recht ist, wenn wir nach dem Besuch in „meinem Dorf" nach Karpac kommen. „Das ist eine gute Idee," meint er, „dann können wir gemeinsam zu Mittag essen." Während wir hinausgehen, möchte ich wissen: „Was darf ich Ihrem Neffen für die Fahrt geben ?" - Er sieht mich prüfend an und überlegt kurz, dann sagt er: „Geben Sie, was Sie für richtig halten."

Wir haben das Hotel verlassen. Der Himmel ist heute bedeckt, aber es regnet nicht. Miroslaw steht neben seinem Wagen. Er ist etwa 15 Jahre jünger als ich, einen halben Kopf größer und schlank. Herr Galitzky macht uns miteinander bekannt, wünscht uns eine gute Fahrt und geht.

Miroslaw sieht mich aufmunternd an: „Wollen wir fahren ?" Er öffnet mir die Tür, ich steige ein. Nachdem er neben mir hinter dem Steuer Platz genommen hat, fragt er: „Ist es gut für Sie zu sitzen ?" Er zeigt mir, wie ich meinen Sitz verstellen kann. Dann fahren wir los. Ich spüre so etwas wie Abenteurerlust.- Angst habe ich nicht. Miroslaw konzentriert sich auf den Stadtverkehr. Von der Seite betrachtet wirkt er zuverlässig und dynamisch. Sein Auto -ein Renault- ist gepflegt. Am Rückspiegel baumelt ein kleiner Teddybär. Auffallend sind die großen Lautsprecher und eine Box, die Tonband-Kassetten mit Werken von Komponisten wie Mozart, Beethoven und Schubert enthält.

Wir haben die Stadt verlassen und sind auf einer gut ausgebauten Straße. Da unsere Fahrt ungefähr zwei Stunden dauern wird und ich neugierig bin, etwas über meinen polnischen Nachbarn zu erfahren, suche ich nach einem Gesprächsthema und frage Miroslaw, ob er mit seinem Auto zufrieden ist. „O ja, ich habe es gekauft vor einem halben Jahr. Mein Bruder hat es organisiert. Er kennt Leute, die handeln mit Autos. Durch ihn hatte ich nicht so hohen Preis." Dann bedauert er, daß er nicht so schnell fahren kann, wie es laut Tacho ginge. „Diese Straße ist gut, aber man muß immer aufpassen. Es gibt Wagen mit Pferd oder Traktor. Man kann schlecht überholen. Die Straße ist zu schmal." Vor uns am rechten Straßenrand winkt ein Mann, der als Anhalter mitgenommen werden möchte. Wir fahren vorbei. Ich frage Miroslaw, ob er manchmal jemanden mitnimmt. „Ja, es gibt viele Leute, die möchten auf diese Weise zu ihrer Arbeit kommen. Sie wollen Geld zu sparen. Mit 18 Jahren kann man ein Ausweis kaufen. Man bekommt dazu Heft mit Kilometercoupons. Das ist Bezahlung für den Fahrer. Außerdem ist wichtig, daß Anhalter mit Ausweis ist versichert gegen Unfall."

Die Verständigung mit Miroslaw klappt gut. Er verfügt über einen umfangreichen Wortschatz. Grammatik und Satzbau fallen ihm schwer. Aber ich habe große Achtung vor seinen Deutschkenntnissen und frage ihn, wo er sie erworben hat. „Bei uns zu Hause

wir sprechen viel deutsch. Meine Eltern lernen sich kennen im Krieg
in Konzentrationslager. Mein Vater ist Pole, meine Mutter von früher
Jugoslawien. Sie konnte nicht polnisch, er nicht jugoslawisch. So
war es bei ihnen nur möglich, verständigen in deutsch." -Über seine
Mitteilung bin ich so erschrocken, daß ich nichts zu sagen weiß.

Nach einer Pause zeigt Miroslaw nach vorn, wo auf der linken Seite
in einiger Entfernung ein Berg zu erkennen ist: „Das ist Sleza, unser
Hausberg. Im Winter gibt es darauf viel Schnee." Ich überlege: Es
muß der Zobten sein. „Ja," sage ich, „als Kind bin ich dort Schlitten
gefahren." Dann frage ich ihn: „Was für ein Turm steht auf dem
Gipfel ?" - „Es ist ein Fernsehturm. Sicher hat es den nicht gegeben
damals." Er lacht mich an.

Mein Blick fällt wieder auf die Lautsprecher: „Bei uns in Deutschland
muß man Angst haben, daß so etwas gestohlen wird." - „Oh ja,"
antwortet Miroslaw, „das ist auch so in Polen. Ich nehme jeden Tag
heraus und bewahre auf in der Wohnung."-„Sie hören gern Musik?"
-"Ich bin Pianist und Komponist," sagt Miroslaw. Ich erfahre, daß er
in Wroclaw geboren und aufgewachsen ist und an der Hochschule
für Musik studiert hat. Er spielt Kammermusik in einem Trio: Klavier,
Geige und Cello. Für seine Kompositionen hat er einen Verleger
gefunden. Er hat eine Filmmusik geschrieben und ist für den Breslauer Rundfunk tätig. - Ich verrate ihm, daß alles, was er über sich
erzählt hat, auch auf meinen Vater zutraf. - „Ja, ist das so ?!" ruft er
überrascht und fügt hinzu: „Ich setze Tradition fort." - Dann wird er
nachdenklich: „Das ist ein schöner Beruf, aber man kann nicht
reich werden. Nur Stars verdienen viel Geld, wenn sie auftreten in
andere Länder. Bis 1990 Polen war sozialistisch. Das hat uns nicht
gefallen, aber Kunst wurde gefördert - auch mit Geld. Jetzt ist bei
uns „freier Markt". Jeder muß sehen, wie Geld verdienen. Viele
Künstler, auch begabte Musiker, sind arm. Es wird zu wenig - wie
sagt man bei Ihnen?" - „Subventioniert?" -"Ja, das ist es. - Meine
Frau ist Sängerin; aber die Bezahlung am Theater ist schlecht, und

es gibt wenige Stellen. Wir haben zwei Söhne von 16 und 11 Jahren. Die sehen schöne Sachen zu kaufen, aber alles ist so teuer!"

Miroslaw hat sich in Rage geredet und ist immer schneller gefahren. Jetzt taucht ein Traktor vor uns auf, er muß scharf bremsen. Es dauert eine Weile, bis sich eine Gelegenheit zum Überholen bietet.

Dann fragt er mich:"Und Sie, machen Sie auch Musik ?" Ich verneine und teile ihm mit, daß ich einen Beruf im sozial-pädagogischen Bereich ausübe. Da ihn das nicht zu interessieren scheint, füge ich hinzu: „Mein Hobby ist Folkloretanz." Ich erzähle ihm, daß ich Tänze der Balkanvölker und auch aus Rußland und Polen kennengelernt habe. „Da müssen Sie sehen unbedingt das Ensemble „Slask", das sind Profis." -"Ja, ich habe davon gehört."

Wir kommen an einen Bahnübergang. Etwa 150m davor steht auf der rechten Seite ein Karren, der mit Flaschen beladen ist. Ein Pole verkauft Wodka. „Viele Menschen handeln in Polen auf der Straße,"erklärt Miroslaw. „Sie haben den Traum, ein Geschäft zu öffnen. Bei Wodka müssen Sie sein vorsichtig. Die Flasche ist zu, und Sie können nicht probieren. Sie bezahlen und später haben Sie Pech, weil Sie haben gekauft Wasser." -

Die Schienen überquert Miroslaw mit äußerster Vorsicht, und das ist gut so, denn hier ist die Straße holprig und löchrig. - Nach wenigen Kilometern haben wir eine Stadt erreicht. „Swidnica," teilt Miroslaw mit. „Wie sagen Sie ?" - „Schweidnitz ?" - „Richtig. In dieser Stadt wird Bier gemacht. Sie können trinken in Schweidnitzer Keller in Wroclaw." - Eine Umleitung zwingt uns, die Hauptstraße zu verlassen und durch die Innenstadt zu fahren. Mir fällt auf, daß auch hier die Straßen in einem guten, die Häuser jedoch - wenn es sich nicht um historische Bauten handelt - in einem schlechten Zustand sind. Nur ab und zu wurden Außenfassaden von Wohnhäusern renoviert. „Ja," meint Miroslaw, „es geht langsam vorwärts bei uns mit der Wirtschaft." Er berichtet von den Schwierigkeiten der Umstellung auf das Marktsystem und dem strengen Sparkurs der Regierung nach 199o. Dadurch sollte eine große Inflation vermieden werden. „Vorher waren unsere Läden immer leer. Plötzlich dann kann man alles kaufen, auch Baumaterial. Das ist herrlich! Aber man braucht viel Geld."- Ich erfahre, daß das Durchschnittseinkommen eines Polen ca. DM 10 000,- im Jahr beträgt. Aufgrund der Privatisierung ist jedoch die Zahl der Arbeitslosen gestiegen. Sie und die Rentner haben noch geringere Einkommen zur Verfügung.

„Manche sagen, es ist nicht gut, so schnell zu machen Marktwirtschaft," fährt Miroslaw fort. „Es gibt Gangster, die wollen verdienen viel Geld und dann nehmen mit und verschwinden im Ausland. Das ist schlecht für Menschen hier. Nach Auflösung von Ostblock gab es große Euphorie bei polnische Bevölkerung. Die Menschen haben gedacht, sie sind frei und alle gleich. Das war Illusion. Kennen Sie Schriftsteller Andrzej Szczypiorski ?" - Ich muß verneinen. - „Er hat in Zeitung geschrieben: 'Vom Westen kommt materieller Wohlstand und technischer Fortschritt. Es fehlt philosophische Auseinandersetzung.' Er sagt, man muß fragen wie Philosoph bei Ihnen 'Haben oder Sein'? - „Meinen Sie Erich Fromm?" - „Genau, das ist sein Name."

Wir haben Schweidnitz verlassen und sind wieder auf der Landstraße. Während die Gegend - abgesehen vom Zobten - bisher eben war, steigt die Straße nun langsam an, und wir kommen in hügeliges Gebiet. Nach kurzer Zeit passieren wir den kleinen Ort Swiebodzice (Freiburg). Die Straße steigt immer mehr an. Wir befinden uns in bewaldetem Bergland. Viele Bäume hier sind krank oder bereits abgestorben. Bald haben wir auch den Grund dafür vor Augen: Dunkle Rauchfahnen kündigen uns die Bergwerksstadt Walbrzych, früher Waldenburg, an. Miroslaw ist entsetzt über den Anblick: „So schönes Land und so kaputt! Wie können Menschen da leben, wenn Bäume sterben?" Wir erreichen die Stadt und fahren durch Straßen, die düster auf uns wirken. Die Fassaden vieler Häuser sind grau, wenn nicht gar schwarz. Einziger Lichtblick ist die teilweise bunte Kleidung der Frauen und Kinder.

Miroslaw ist so beeindruckt, daß er sich plötzlich verfahren hat und nach dem Weg fragen muß. Er hält am rechten Straßenrand an, steigt aus und wendet sich an eine Frau, die ihm auf dem Bürgersteig entgegenkommt. Während er mit ihr spricht, habe ich Gelegenheit, sie zu beobachten: Die Frau ist etwa 3o Jahre alt, trägt einen weiten roten Mantel und schwarze Pumps mit hohen Absätzen. Ihre Haare sind offensichtlich hellblond gefärbt, ihr apartes Gesicht eindrucksvoll geschminkt. Sie hat eine aufrechte Körperhaltung, ihre Gesten sind lebhaft. Mehrfach weist sie in die Richtung der Straße, auf der wir gekommen sind, und dann nach rechts. Miroslaw bedankt sich, wir wenden und fahren ein Stück zurück."Ist diese Frau eine typische Polin?" möchte ich wissen. Miroslaw lächelt über meine Frage: „Nun ja, was ist typisch? - Die meisten Frauen bei uns sind sehr selbstbewußt. Anders gesagt: Sie müssen sich durchsetzen. Für viele ist nötig, Geld verdienen neben Kinder und Familie zu betreuen. Das ist Verantwortung und viel Arbeit. Aber Polin liebt auch, sich schön anziehen und schminken. Das ist so."

Miroslaw hat seine Route wiedergefunden und lehnt sich entspannt zurück. Walbrzych ist eine ziemlich große Stadt, und es dauert noch eine Weile, bis wir die letzten Häuser hinter uns gelassen haben. „Ich war noch nie in dieser Stadt," nimmt er das Gespräch wieder auf, „aber ich bin sehr froh, daß meine Familie lebt in Wroclaw." - „Weshalb geschieht nichts gegen diese Umweltverschmutzung?" frage ich, obwohl mir klar ist, daß dies auch Geld kostet. Miroslaw denkt einen Augenblick nach. Dann erklärt er: „Sie müssen verstehen: Bis 1990, wenn Grenzvertrag zwischen Polen und Deutschland unterschrieben wurde, Menschen haben hier gelebt wie" - er sucht nach einem Vergleich - „in Wohnung mit fremde Möbel." - „Sie meinen möbliert?" - „Ja. Man behandelt nicht so wie Eigentum. Man ist unsicher, ob man kann behalten, auch wenn man denkt, daß einem gehört. Jetzt ist polnische Grenze sicher, und man wird etwas tun, ist Frage von Zeit und Geld." - „Das verstehe ich. Aber wie ist andererseits zu erklären, daß z.B. in Wroclaw die Altstadt und viele Kirchen restauriert wurden?" - „Das ist etwas ganz anderes," behauptet Miroslaw. „Polen lieben die Kunst und haben großes Bewußtsein für Geschichte! Historische Bauten stammen viele aus der Zeit der Piasten. Das war polnisches Herrschergeschlecht!"

Die Verkehrsdichte auf unserer Straße hat merklich nachgelassen, und so sind wir schnell in Kamienna Gora (Landeshut) angekommen. „Von hier geht kleine Straße nach Lubawka," sagt Miroslaw, „ich muß fragen." Noch einmal halten wir an, und er wendet sich an eine Gruppe von 3 Männern, die miteinander diskutieren.

Ich spüre Nervosität in mir aufsteigen.Vielleicht noch 10km bis Lubawka, ein Katzensprung. Aber bisher erscheint mir meine Umgebung fremd. Miroslaw kommt zurück, fährt weiter und konzentriert sich auf den Weg. Nach kurzer Zeit sind wir auf einer schmalen Landstraße. Sie schlängelt sich in vielen Kurven durch Ackerland, auf dem Bauern mit Pferd und Pflug ihre Felder bestellen. Dazwischen Birken und Wiesen, auf denen Himmelschlüssel blühen. Ich atme tief: „Die Luft ist gut!" - „Ja," sagt Miroslaw, „gleich kommen wir an."

Da sind sie, die ersten Häuser von Liebau, dem heutigen Lubawka. Die Straße ist holprig, Schlaglöcher gibt es auch. Miroslaw fährt langsam und versucht, den Unebenheiten auszuweichen. Nach einer Kurve erkenne ich auf der linken Seite den Bahnhof, ein flaches, langgestrecktes Gebäude. Nun geht alles so schnell, als würden wir von einem Magneten angezogen. Ich sage Miroslaw den Weg: „Fahren Sie bitte am Bahnhof vorbei und dann die erste Straße links." Wir erreichen sie nach etwa 2oom und kommen durch die Unterführung. Auf der anderen Seite haben wir das Tal vor uns, in dem Ullersdorf liegt. Die Straße macht eine Biegung nach links und zweigt nach 1oom wieder rechts ab. Wir fahren in das Tal hinein. Links erkenne ich den „Heiligen Berg" und den Weg oben am Waldrand, auf der anderen Seite des Tales den „Rabengrund". Die Straße führt unten am „Heiligen Berg" entlang.

„Noch einen Kilometer," sage ich zu Miroslaw. „ Es ist das vorletzte Haus auf der linken Seite vor der nächsten Rechtskurve." Wir kommen an den ersten Villen vorbei. Auf der linken Seite tauchen die Ferienhäuser auf. Dann sehe ich unser ehemaliges Haus am Waldrand. „Da ist es!" rufe ich aus. Zu meiner Verblüffung fährt Miroslaw einfach in den Garten hinein. Wir sind da.

Das Haus

Ich steige aus dem Auto und sehe das Haus an. Es ist ein freudiger und zugleich trauriger Anblick. Froh bin ich, daß es noch da ist und die lange Zeit überdauert hat; aber sein Aussehen wirkt auf mich, als hätte es jahrzehntelang geweint. Vom Balkon im 1.Stock ist das Holzgeländer weggebrochen. Die Fenster erwecken den Eindruck, als könnten sie jeden Augenblick herausfallen, und auf der Hauswand sind große schwarze Flecken. Mein Blick wandert durch den Garten, in dem ich zwei Schuppen entdecke, die es früher nicht gab. Eingangstor und Zaun sind verschwunden. Aber die alten Bäume, die Großvater pflanzte, sie sind noch da.

Miroslaw hat seinen Wagen abgeschlossen und fragt mich, wo der Eingang ist. Ich sage, daß ich nur ein Foto machen möchte. Aber er drängt: „Wir sind da und gehen hinein!" Ich scheue mich, Menschen zu stören, die jetzt hier wohnen, jedoch ich wehre mich vergebens, er gibt nicht nach. Schließlich teile ich ihm mit, daß der Eingang an der hinteren Seite des Hauses ist. Er marschiert energisch den Weg durch den Garten bergauf, während ich ihm zögernd folge. Ich fühle mich wie in einem anderen Leben.

Als wir die Tür erreichen, haben uns zwei Schäferhunde, die im oberen Teil des Gartens angekettet sind, entdeckt. Ihr Bellen ist Respekt einflößend. Da Miroslaw keine Klingel findet, klopft er an die Tür. Wir warten. Die Hunde bellen heftiger. Miroslaw klopft erneut. Da öffnet sich die Tür. Vor uns steht eine Frau in meinem Alter, kleiner als ich und zierlich. Wir haben sie offensichtlich bei der Arbeit gestört. Sie hat eine Schürze umgebunden und ein Küchenhandtuch in der Hand. Mir fallen ihre Augen auf, mit denen sie uns freundlich und neugierig, aber auch kritisch betrachtet. Miroslaw begrüßt sie und erklärt ihr den Grund unseres Kommens. Sie stellt Fragen, die er anscheinend überzeugend beantwortet. Da sie polnisch sprechen, verstehe ich kein Wort und stehe hilflos daneben.

Dann bittet uns die Frau, ins Haus zu kommen. Sie führt uns in ein Zimmer im Erdgeschoß. In der Mitte stehen ein ovaler Eßtisch und sechs Stühle. Ringsum an den Wänden sind unterschiedlich große Skulpturen aufgestellt. Wir nehmen am Tisch Platz. Die Frau sieht mich erwartungsvoll an. Miroslaw bittet mich, etwas über meine Herkunft zu erzählen. Ich fasse mich so kurz wie möglich und sage, daß dies das Haus meiner Großeltern war, ich als Kind aufgrund der Kriegsereignisse von 1943-1946 mit meiner Familie hier gewohnt habe und jetzt in Frankfurt am Main lebe. Sie nickt und macht ein nachdenkliches Gesicht. Dann frage ich, wie lange sie schon hier ist. „Seit 40 Jahren," übersetzt Miroslaw. - „Gefällt es ihr hier?" möchte ich wissen. - „Ja, sie liebt den Wald." - Wir lächeln uns an.

Eine jüngere Frau hat das Zimmer betreten. Sie begrüßt uns, und Miroslaw sagt, sie sei die Tochter. Das ist unverkennbar, denn sie ist das Abbild ihrer Mutter und hat wie sie ein schlichtes und doch sicheres Auftreten. Sie setzt sich neben ihre Mutter, die fragt, ob ich das Zimmer, in dem wir sind, wiedererkenne. Ich bitte Miroslaw, ihr mitzuteilen, daß die unteren Räume des Hauses damals vermietet waren und wir im oberen Stockwerk gewohnt haben. - „Möchten Sie das sehen ?" - „Sehr gern." - Miroslaw und ihre Tochter begleiten mich.

Das Treppenhaus kommt mir niedrig vor. Die Stufen sind längst nicht so hoch, wie ich sie in Erinnerung habe. Später wird mir klar, daß ich damals viel kleiner war und mir meine Umgebung deshalb größer erscheinen mußte. Oben angekommen klopft die Tochter an die Tür unseres ehemaligen Wohnzimmers. Eine kleine rundliche Frau um die Fünfzig öffnet. Miroslaw trägt unser Anliegen vor. Sie läßt uns herein und begrüßt uns sehr freundlich. Mein erster Blick fällt auf den grünen Kachelofen. Er sieht unverändert aus. Ich fasse ihn an wie einen alten Freund, denke an Winter und Bratäpfel in der Röhre. Im ganzen Zimmer duftete es danach. - Die rundliche Polin hat die Tür zum Nebenzimmer geöffnet, das heute wie damals Schlafzimmer ist. Ich werde ernst: „ In diesem Zimmer ist meine Tante gestorben."

Tante Ruth
(Oktober 1945)

Tante Ruth war die Schwester meines Vaters und 37 Jahre alt. Als der Kampf um Breslau begann, kam sie nach Ullersdorf. Sie war mager und schwach. Meine Mutter sagte zu uns: „Ihr müßt Rücksicht nehmen, Tante Ruth ist krank." Vor vier Wochen hatte man sie nach Landeshut ins Krankenhaus gebracht. Wir fuhren hin, um sie zu besuchen. Die Krankenschwester hielt uns Kinder fest: „Ihr könnt nicht mit ins Zimmer, Eure Tante hat Tbc." Das verstand ich nicht, denn meine Eltern durften rein. Vor zwei Wochen war sie wieder nach Hause gekommen. Sie lag nur noch im Bett. Wir durften sie nicht sehen und sollten immer leise sein.

An einem Vormittag sagte meine Mutter zu uns: „Tante Ruth ist heute Nacht gestorben. Seht sie euch noch mal an." Sie führte uns zum Schlafzimmer. Die Tür stand offen. In der Mitte des Zimmers lag Tante Ruth in einem Sarg. Sie war ganz blaß und sah so hilflos aus wie ein totes Vögelchen, das ich einmal im Garten gefunden hatte. Ihr Mund war geöffnet, als wollte sie etwas sagen. Die Lippen waren blau. Ihre Arme lagen auf einem weißen Tuch, mit dem ihr Körper zugedeckt war. Ich betrachtete ihre Hände. Auch die Fingernägel waren blau. Ich fing an zu zittern und bekam Angst. Endlich durften wir das Zimmer verlassen. Ich rannte die Treppe hinunter und aus dem Haus. 'Das ist nicht Tante Ruth!' schrie es in mir. 'Nein, das ist sie nicht!' - Ich holte tief Luft: 'Tante Ruth,' dachte ich, 'das ist die, die zur Begrüßung immer meinen Kopf fest in ihre beiden Hände nahm und mich auf die Stirn küßte.' - Tante Ruth war auch die, die kräftig mit uns schimpfte, als sie uns dabei erwischte, wie wir die unreifen Äpfel vom Baum holten, um sie im Gebüsch des Gartens heimlich zu essen.

Ich lief auf die Wiese und wollte Blumen für sie pflücken. Es gab nicht mehr viele, es war Herbst.

Die rundliche Polin hat mich am Arm gefaßt und sagt etwas zu mir. „Im Sommer müssen Sie kommen," übersetzt Miroslaw, „im Sommer ist es schön hier!" - „Ja, ich weiß."

Wir verlassen das Zimmer. Wieder auf dem Flur sehe ich links die Küche. Auf der gegenüberliegenden Seite befindet sich ein großer Raum, in dem nach Kriegsende immer wieder Flüchtlinge für kurze Zeit Zuflucht fanden. Dann fällt mein Blick rechts daneben auf die Tür, die ins Badezimmer führt. Da drin, in einem der drei Wandschränke stand er, der Sack mit den Rübenschnitzeln.

Rübenschnitzel
(September 1945)

Nach Kriegsende waren wir ständig auf Nahrungssuche. So hatten wir einmal bei einem Bauern in Ullersdorf einen Zentner verschrumpelter Kartoffeln vom Vorjahr und einen Sack Rübenschnitzel erstanden. Die getrockneten Zuckerrübenstückchen waren sehr süß und folglich vor uns Kindern trotz strengen Verbots nicht sicher. Egal welches Kleidungsstück ich trug, es waren immer welche in einer Tasche, damit ich bei meinen Streifzügen im Garten oder im Wald davon essen konnte.

Eines Tages hatten meine Eltern Streit. Mein Vater war Anfang August aus dem Krieg zurückgekommen. Erst war die Wiedersehensfreude groß, aber nach kurzer Zeit bekam er oft jähzornige Anfälle. Meine Mutter sagte dann zu uns: „Seid nett zu ihm! Er ist verzweifelt über unsere Lage." Was das war, wußte ich nicht genau. Mir war aber klar, daß es sich um etwas Ernstes handeln mußte. Der Streit meiner Eltern gipfelte meistens darin, daß einer von beiden aus dem Haus lief. Am Abend haben sie sich dann immer versöhnt.Heute war es besonders schlimm. Auf dem Höhepunkt seines Zorns schmiß mein Vater verschiedene Papiere auf den Boden und brüllte: „So, und jetzt gehe ich in den Wald und hänge mich auf!"- Meine Mutter sagte heimlich zu mir: „Geh ihm nach und paß auf, daß er's nicht tut."

Ich schlich meinem Vater nach, was er natürlich merkte: „Du brauchst nicht mitzukommen, ich kann das allein!" - „Ich will nur in den Garten," antwortete ich scheinheilig. Mein Vater ging mit schnellen Schritten zum oberen Gartentor am Waldrand, schloß es auf und hinter sich sofort wieder zu. Das war schlecht für mich, denn ich hatte keinen Schlüssel. Wenn ich ihn nicht aus den Augen verlieren wollte, mußte ich über den Zaun klettern. Der war 2m hoch und hatte oben 3 Reihen Stacheldraht. 'Egal,' dachte ich, 'wenn ich mir etwas zerreiße, kann meine Mutter nicht schimpfen. Sie hat mich schließlich beauftragt, meinem Vater zu folgen.' Ich kam heil über den Zaun.

Mein Vater hatte inzwischen gut 1oom auf dem Waldweg, der bergauf führte, zurückgelegt. Ich verfolgte ihn von Baum zu Baum, was nicht ohne Geräusche wie Ästeknacken abging. Nach weiteren 50m blieb er stehen, drehte sich um, wartete auf mich und grinste: „Also gut, dann gehen wir Pilze suchen."Pilze standen in diesem Herbst ständig auf unserem Speiseplan. Mein Vater kannte alle Sorten und lehrte mich, die giftigen von den ungiftigen zu unterscheiden. Und nicht nur das: Er brachte mir auch bei, welche Pilze am besten schmeckten und wo man sie fand. Wir schlugen die Richtung zu dem Platz ein, wo wir kürzlich Pfifferlinge gefunden hatten. Einen Korb hatten wir nicht mit; aber ich wußte, daß mein Vater immer zwei große Taschentücher bei sich trug. Sie wurden an den Ecken zusammengeknotet, wenn wir Pilze fanden, und sahen dann aus wie kleine Körbchen. Meistens erzählte mir mein Vater auf unseren Wegen im Wald Geschichten. Aber heute war er noch zu erregt, und so gingen wir schweigend nebeneinander her.

Nach einer Weile griff ich in die linke Tasche, nahm ein Rübenschnitzel und steckte es in den Mund. Mein Vater schien es nicht zu merken, deshalb fuhr ich damit fort, bis er stehen blieb, mich ansah und fragte: „Was kaust du denn ?" - „Ich? Nichts." - Pause. Wir gingen ein paar Schritte. Dann blieb er erneut stehen: „Du kaust doch was." Ich gestand: „Rübenschnitzel." - „Du weißt doch, daß davon Sirup gekocht werden soll." - „Ja." - Pause. - Dann hielt er die Hand auf: „Gib mir wenigstens ein paar ab." Das tat ich gern, denn nun hatte er wieder gute Laune.

Die rundliche Polin schüttelt mir die Hand. Ich bedanke und verabschiede mich von ihr. Wir gehen die Treppe hinunter und zurück in das Zimmer, in dem wir vorher gesessen haben. Dort stellt eine noch junge dunkelhaarige Frau Kaffeetassen auf den Tisch. Als sie Miroslaw sieht, geht sie spontan auf ihn zu. Sie begrüßen sich, als würden sie sich kennen. Miroslaw macht uns miteinander bekannt. Sie ist die zweite Tochter und lebt ebenfalls hier im Haus. Ihr Händedruck ist kräftig, und sie sieht mich forschend an. Im Gegensatz zu ihrer älteren Schwester kann ich keine Ähnlichkeit mit ihrer Mutter feststellen. Aber sie hat ein apartes Aussehen und eine Ausstrahlung, die vermuten läßt, daß sie genau weiß, was sie will. Wir setzen uns wieder an den Tisch, und ihre Mutter bringt eine Kanne Kaffee. Allein sein Duft entschädigt mich für das, was ich zum Frühstück im Hotel bekommen habe. Dieser Kaffee ist stark und aromatisch. Ich genieße ihn Schluck für Schluck und sehe die Gastgeberin dankbar an.

Die jüngere Tochter ist aus dem Zimmer gegangen und kommt mit einem schmalen Buch etwa von der Größe eines Taschenbuches zurück. Sie nimmt auf dem freien Stuhl neben mir Platz, legt es vor mich hin und sagt etwas. Miroslaw übersetzt: „Sie möchte wissen, ob Sie das Buch kennen." Ich sehe es an. Das Papier ist vergilbt, es muß sehr alt sein, wahrscheinlich aus der Zeit meiner Großmutter. Auf der Titelseite steht in einer Schrift, die an Jugendstil erinnert: *Luftkurort Ullersdorf.* Ich sage, daß ich mich nicht daran erinnern kann. Die jüngere Schwester schlägt das Buch auf. Miroslaw erklärt mir, ich soll sagen, was auf den einzelnen Seiten abgebildet ist. Es sind alte Fotos, aus Zeitungen ausgeschnitten, auf die Seiten geklebt und liebevoll mit Zeichnungen verziert oder umrandet. Ich erkenne die Sprungschanze, die Pensionen am Ende des Dorfes, den Rabengrund, den Weg der Stationen zum „Heiligen Berg", die kleine Kapelle an der Dorfstraße..... Bei jedem Bild zeige ich in die Richtung, wo sich das auf dem Foto Dargestellte befindet. Schließlich klappt die jüngere Schwester das Buch wieder zu und nimmt es an sich.

Ich werfe ihr einen fragenden Blick zu: Werde ich examiniert? Hat sie mir nicht geglaubt, daß ich hier einmal zu Hause war? - Sie steht auf, geht erneut aus dem Zimmer und kommt mit dem Abbild von einem Grenzstein zurück. Ich soll sagen, wo er 1945 stand. Ich sehe sie eindringlich an und bitte Miroslaw zu übersetzen: „Ich weiß es nicht. Ich war damals ein Kind von 9 Jahren. Ein Kind interessiert sich nicht für Grenzsteine." Das überzeugt sie .

Miroslaw sieht auf die Uhr. Wenn wir rechtzeitig in Karpac sein wollen, müssen wir fahren. Unsere Gastgeberin fragt mich, ob ich noch etwas sehen möchte. -„O ja, den Garten!"- Sie zieht eine Strickjacke an und will uns begleiten. Bevor wir aus dem Haus gehen, bitte ich sie um ihren Namen und die heutige Anschrift des Hauses und gebe ihr meine Adresse. Wir verabschieden uns von ihren beiden Töchtern. Dann schließt sich die Tür hinter uns.

Da Miroslaw und ich nicht allein sind, bleiben die Hunde ruhig und begrüßen ihre Herrin freundlich. Wir nehmen einen anderen Weg durch den Garten als vorhin. Während sich meine Begleiter unterhalten, schaue ich mich um. Die alten Blautannen sind sehr groß geworden, aber ich entdecke auch kleine Bäume, die angepflanzt wurden. Es scheinen Obstbäume zu sein. Dann gehe ich zu meiner Tanne auf der Wiese. Bei uns Kindern hieß der Baum „der 13. Gipfel", weil man 13 Äste erklettern mußte, bis man an der Spitze angelangt war. Oben hatte man einen herrlichen Blick auf die Schneekoppe, hinter der abends die Sonne unterging. Wenn ich an so einem Abend da saß, sang ich alle Abendlieder, die ich kannte. - Ich sehe zur Spitze hinauf: Wieviele Äste mögen es heute sein? - Dann laufe ich zu der Stelle unterhalb des Hauses, wo damals ein Steingarten war. Im Frühjahr blühten hier Narzissen. Sie waren in einem Kreis um den Steingarten gepflanzt. Die Erde war angehäufelt. Der Kreis ist noch sichtbar, heute wächst Gras darauf. Ich zeige es unserer Gastgeberin. Sie sagt etwas und Miroslaw übersetzt: „Es ist lange her, da verändert sich das." Wir verabschieden uns. „Ich bin Ihnen sehr dankbar und werde diesen Tag nicht vergessen," bitte ich Miroslaw zu sagen. - „Werden Sie wiederkommen?" - „Ich weiß es nicht." - Wir steigen ein und fahren ab.

Zenobia

„Das ist lustiger Zufall!" ruft Miroslaw aus, als wir wieder auf der Straße nach Lubawka sind. „Ich kenne jüngere Schwester Christine! Wir sind uns begegnet an Hochschule für Kunst in Wroclaw. Sie ist Bildhauerin." - Daher die Skulpturen, denke ich und frage, was er über die anderen Familienmitglieder weiß. „Ältere Schwester heißt Danuta und ist Restaurateurin. Aber ich kenne nicht gut, sie hat studiert in Warschau." - Mein Blick fällt auf den Zettel mit der Anschrift, den ich noch immer in der linken Hand halte: „Und Zenobia, ihre Mutter?" - „Oh," sagt Miroslaw, „ ich habe heute gesehen zum ersten Mal. Sie hat gute Augen, nicht wahr?" - „Ja," nicke ich. - „Aber ich weiß nichts über sie." Nach einer Pause fügt er hinzu: „Sie müssen verstehen: Generation von Zenobia ist nicht freiwillig gekommen in diese Gegend. Vielleicht sie wurde hierher gepflanzt, weil Landschaft ähnlich ist wie ihre frühere Heimat. Sie hat gesagt, daß sie liebt den Wald. Sie erinnern sich?" - „Ja." - „Aber das ist Vermutung von mir. Viele Polen mußten nach Ende von Krieg 1945 verlassen alte Heimat wie Sie. Sie fühlten sich fremd in diesem Land, hatten Heimweh. Dabei sollten sie aufbauen, was Krieg kaputtgemacht hatte. Diese Menschen wollen nicht sprechen über Vergangenheit. Wie sagt man bei Ihnen: Man soll nicht berühren alte Wunde."

Ich denke an die Reaktion meiner Mutter, als ich ihr von dem Plan meiner Reise erzählte: „Muß das sein?" war ihr Kommentar. Zu Miroslaw sage ich: „Ja, es ist ein Unterschied, ob man freiwillig in ein anderes Land geht, oder ob man dazu gezwungen wird." - „So ist es. Menschen haben nicht akzeptiert neue Heimat,obwohl ihnen gesagt wurde, das ist altes Land von Polen. In früherer Zeit haben hier regiert Piasten, was ist polnisches Herrschergeschlecht." Nach einer Pause fährt er fort: „Mir fällt ein Geschichte, die ist passiert in Wroclaw vor mehrere Jahren. In der Zeitung stand, daß es gegeben hat Explosion mit Gas in einem Haus, wo lebte ein alter Mann mit seine Familie. Das sind seine Frau, drei Söhne, alle verheiratet, die haben 13 Kinder. Das Haus war zerstört und verbrannt, aber niemand wurde verletzt. Alle waren nicht zu Hause, als Katastrophe begann. Sie haben verloren Wohnung, Möbel und Kleider, alles, was sie besitzen. Und was sagte der alte Mann?" - „Ich weiß nicht." „Stellen Sie sich vor, er sagte: 'Ich bin schuld an Unglück! Ich habe nicht akzeptiert, hier zu wohnen, weil dies nicht ist meine Heimat! Aber Gott hat mir gegeben ein Zeichen. Es ist ein Wunder, daß meine Familie lebt. Jetzt weiß ich, wo meine Familie ist, bin ich zu Hause. Ich werde sehen zu bekommen ein anderes Haus und mich bekümmern um diese Stadt wie meine Heimat'." - „Was hat er damit gemeint, sich bekümmern?" - „Er hat gegründet Verein, das sammelt Unterlagen und Zeugnisse von dieser Stadt. Er stellt zur Verfügung, was er findet für Archive und Museum."
„Eine schöne Geschichte," sage ich. Dann denke ich wieder an Zenobia , daß sie in meinem Alter ist und vermutlich vor vielen Jahren ihr Land verlassen mußte wie ich. Woher mag sie gekommen sein? Welche Umstände führten sie in unser ehemaliges Haus? Fragen, auf die Miroslaw keine Antwort geben kann. Aber in der Geschichte seines Volkes kennt er sich aus. Deshalb möchte ich von ihm wissen: „Aus welchen Städten und Gebieten Polens sind die Menschen damals gekommen?" - „Sie sind eingewandert aus Galizien, aus westliche Teil von Ukraine, aber auch von Zentralpolen. In Wroclaw leben viele Menschen aus Wilna und aus Lvov, in deutsch Lemberg. Man sagt, das ist alte polnische Stadt am Rande der großen Steppe, von wo kamen in früherer Zeit die Tartaren. Heute gehört zu Ukraine und heißt Lviv."-

„Und wie haben sich die umgesiedelten Polen in ihrem neuen Land zurechtgefunden? Wer hat ihnen dabei geholfen?" - „Das war vor allem die Kirche. Sie müssen wissen, 98% von polnische Bevölkerung ist katholisch. Kirchen von Ostpolen mußten Wanderung ihrer Gläubigen nach Westen mitmachen. So fanden Menschen nach Umsiedlung Zusammenhalt und Identität in ihrer Kirche. Sie kennen vielleicht Kloster in Krzeszow, in deutsch Grüssau?" - „Ja, es steht im Nachbartal von Ullanovice. Als Kind bin ich mit meinen Eltern über den „Heiligen Berg" hingewandert." „Dort leben heute Benediktinerinnen aus Lemberg." - „Wenn man bedenkt," überlege ich laut, „daß Millionen von Menschen ihr Land verlassen mußten, weil ein paar Politiker in Potsdam es so gewollt haben..." - „Ein paar?" ereifert sich Miroslaw, „das verdanken wir Stalin! Er wollte für Sowjetunion Land gewinnen. Exilpolnischer Ministerpräsident in London hat sich geweigert, Curzon-Linie als polnische Ostgrenze anzunehmen. So hat Stalin verhandelt mit Kommunisten in Polen, ihnen versprochen ehemals ostdeutsche Gebiete. Damit sollte Polen abhängig werden von ihm und sozialistisches Land!" Miroslaw tritt auf die Bremse: "Oh Mist! Ich bin gefahren falsche Straße! Da vorn ist tschechische Grenze." Dann sind wir in Dittersbach, denke ich. In meiner Kindheit gingen wir hier oft über die damals sudetendeutsche Grenze. Miroslaw wendet sein Auto, und wir fahren die Straße etwa 3 km zurück. „Für jüngere Generation ist heute Geschichte," greift er das Thema noch einmal auf. „Ich bin hier geboren. Das ist meine Erde. Seit 1990 Grenzen sind sicher, und Sozialismus ist Vergangenheit. Wir sind ein freies Volk. So soll es bleiben!"

Kurz darauf sind wir wieder in Lubawka angekommen. Miroslaw hält an: „Ich will fragen nach Richtung für Karpac in Bäckerei gegenüber." Er läuft über die Straße, bleibt vor dem Schaufenster stehen und kommt noch einmal zurück: „Steigen Sie aus zu sehen in Schaufenster," ruft er aufgeregt. Er schließt den Wagen ab, und wir gehen gemeinsam über die Straße. Das Schaufenster ist vollgepackt mit Pralinen, Schachteln mit Keksen, Schokolade, Torten und Kuchen. „Wer soll das kaufen?" fragt Miroslaw. „Hier wohnen nicht reiche Menschen. Sehen Sie diese Preise!" Dann verschwindet er im Laden.

Ich stehe vor dem Schaufenster und sehe wie gebannt auf einen Krug, der inmitten der vielen Süßigkeiten steht. Er ist etwa 60 cm hoch. In leuchtendem Blau und Rot sind auf hellbeigem Grund Mohn- und Kornblumen abgebildet. Ein Strauß mit Ähren befindet sich darin. Ich starre den Krug an und kann es nicht fassen. Es ist derselbe, den ich betrachtete, als ich nach Kriegsende mit meiner Mutter vor der Bäckerei um Brot anstand.

Brot
(Mai 1945)

Morgens um Fünf weckte mich meine Mutter: „Isa, steh auf und zieh dich an. Wir gehen nach Liebau. Es soll heute Brot geben." Das Wort „Brot" half mir aus dem Bett. Davon bekam ich nie genug. Mit dem letzten Bissen vom Frühstück zog ich den Mantel an, und wir marschierten los. Obwohl es schon hell war, lehnte meine Mutter den Weg am Waldrand ab. Also gingen wir die Landstraße. Wenn sie zwei Schritte machte, brauchte ich drei. Ein frischer Morgenwind blies uns ins Gesicht. Wir redeten nicht. Jeder hing seinen eigenen Gedanken nach.

'Eigentlich ist es nur schlimmer geworden, seitdem der Krieg zu Ende ist,' überlegte ich. Vor drei Wochen war ich nachts aufgewacht, weil meine Mutter Radio hörte. Ich bekam mit, daß Hitler tot war. Ab dem nächsten Tag häuften sich die Gerüchte. Das schlimmste hieß: „Die Russen kommen!" Sie wurden als grausame Barbaren geschildert. Ich hatte schreckliche Angst vor ihnen. Dann waren die ersten da und wollten Schnaps. Wir hatten keinen. Sie tranken Spiritus. Davon wurden sie fröhlich und laut. Sie streiften durchs Haus und nahmen sich, was ihnen gefiel. Inzwischen versteckten sich die Frauen im Gebüsch des Gartens. Warum, war mir nicht klar. Zu uns Kindern waren die Russen nett. Leider konnten wir nicht verstehen, was sie sagten. Trotzdem machte es Spaß, mit ihnen zu spielen. Einem zeigte ich den „13. Gipfel"; aber er wollte nicht hinaufklettern. - Die Russen waren arm, wir auch, denn zu essen gab es wenig. Man mußte immer aufpassen, wo man etwas ergattern konnte. 'Hoffentlich klappt es heute mit dem Brot,' dachte ich. Dann waren wir in Liebau angekommen.

Auf den Straßen sah man um diese Zeit nur wenige Menschen. Plötzlich tauchte meine Klassenlehrerin Frau Hahmann vor uns auf. Ich riß den rechten Arm hoch und grüßte: „Heil Hitler!" Fast im gleichen Augenblick gab sie mir eine Ohrfeige: „Willst Du Deine Mutter ins Gefängnis bringen?" zischte sie mich an. Dann drehte sie sich vorsichtig um: „Zum Glück sind keine Russen in der Nähe." Ich hielt meine Hand auf die schmerzende Gesichtshälfte und sah sie fassungslos an. Noch vor 3 Wochen hätte sie mich gehauen, wenn ich nicht mit „Heil Hitler!" gegrüßt hätte. Frau Hahmann wechselte ein paar Worte mit meiner Mutter und ging dann eilig davon. - Zwei Wochen später fand man sie im Wald. Sie hatte sich erhängt. -

Die Bäckerei öffnete um sieben Uhr. Wir waren eine halbe Stunde früher da. Vor der Ladentür drängten sich bereits ein Dutzend Leute. Wir stellten uns hinten an und schnupperten: Es duftete nach warmem Brot. Das machte uns Hoffnung. Unser Platz war neben dem Schaufenster, das leer war. Nur in der Mitte stand ein großer Krug, auf dem rote und blaue Blumen abgebildet waren. Sie gefielen mir, und ich fragte meine Mutter nach ihrem Namen. „Es sind Mohn- und Kornblumen," bekam ich zur Antwort.- „Weshalb wachsen sie nicht auf unserer Wiese im Garten?" wollte ich wissen. - „Dort gibt es nicht die richtige Erde für sie," belehrte mich meine Mutter. und fügte hinzu: „Am besten gedeihen sie auf dem Feld zwischen dem Getreide." Das wollte ich mir merken.

Hinter uns hatten sich immer mehr Menschen angesammelt. 'Die Schlange ist bestimmt 50 Meter lang,' nahm ich an. 'Ob so viele Brote da sind?' Gesprochen wurde wenig, die meisten traten ungeduldig von einem Fuß auf den anderen. Je länger es dauerte, umso unruhiger wurden sie. Dann war es soweit. Ich hörte, wie die Ladentür von innen aufgeschlossen wurde. Im nächsten Augenblick schob sich die Menschenmenge zusammen. Ich wurde am Schaufenster vorbei und an die Hauswand gedrückt. Um mich herum wurde es ganz eng. Plötzlich war es dunkel. Ich konnte kaum noch atmen und bekam eine unbeschreibliche Angst. Mit letzter Kraft holte ich tief Luft und s c h r i i i i i e !!!

Dann wurde ich hochgehoben und von drängenden Menschen
weitergetragen. Als ich zu mir kam, stand ich in der Bäckerei vor
dem Ladentisch. Mit Tränen in den Augen blickte ich nach oben
und in das runde Gesicht der Bäckersfrau. Sie mußte meinen Schrei
gehört haben, denn sie sah mich besorgt an. Dann nahm sie ein
großes rundes Brot, wickelte es in dünnes weißes Papier, beugte
sich weit über den Ladentisch und legte es mir in die Arme.: „Das
ist ganz für Dich allein." Ich umklammerte mit dem rechten Arm
das Brot und holte aus der linken Tasche des Mantels das Geld,
welches mir meine Mutter zu Hause gegeben hatte, aber die Bäk-
kersfrau winkte ab: „Nein, nein, das ist so in Ordnung." - „Vielen
Dank!" sagte ich und wollte so schnell wie möglich weg. Ich drehte
mich um. Jetzt erst bemerkte ich, daß der Bäcker, ein großer und
starker Mann, vor der Eingangstür stand und sie abgeschlossen
hatte, damit nicht zu viele Menschen auf einmal in den Laden
konnten. „Geh durch die Backstube zur hinteren Tür," sagte er und
zeigte mir wie ein Vater den Weg. Ich rannte hinaus. Draußen wartete meine Mutter auf mich. Auch sie hatte ein Brot. Wir legten
beide in ihren Rucksack. Erleichtert, der Gefahr entronnen zu sein,
und stolz auf unsere „Beute" liefen wir nach Hause.

Im Riesengebirge

„Kommen Sie !" Die Aufforderung Miroslaws holt mich in die Gegenwart zurück. Immer noch in den Anblick des Krugs versunken
habe ich nicht bemerkt, wie er aus der Tür der Bäckerei getreten ist.
Wir überqueren die Straße, steigen in sein Auto und setzen unsere
Fahrt fort. „Wir müssen ein Stück zurück nach Kamienna Gora und
dann links Richtung Kowary," teilt mir Miroslaw mit. Am Bahnhof von
Lubawka vorbei erreichen wir wieder die schmale Landstraße, die
wir gekommen sind. Nach wenigen Kilometern stößt sie auf die
breitere Straße, die rechts nach Kamienna Gora und in die andere
Richtung nach Kowary führt. Wir biegen links ab und sind nun auf
dem Weg ins Riesengebirge. Die Straße ist auf beiden Seiten mit
Bäumen bewachsen und sehr kurvenreich. Sie steigt ständig an.
Zunächst umgibt uns eine parkähnliche Landschaft mit Wiesen,
durch die sich kleine Bäche schlängeln, unterbrochen von Baumgruppen oder einzeln stehenden herrlichen alten Bäumen. Die
Gegend ist weiträumig und einsam. Nur ab und zu ein kleines Dorf
oder ein paar Häuser. Dann kommen wir in dicht bewaldetes Gebiet, das nur noch selten durch die Parklandschaft unterbrochen
wird. Im Gegensatz zum Waldenburger Bergland kann ich hier keine kranken Bäume entdecken. Ich wende mich an Miroslaw: „Im
Fernsehen wurde bei uns berichtet, daß es im Riesengebirge aufgrund der Umweltbelastung große Waldschäden geben soll. Das
kann ich nicht feststellen." - „Oh doch," entgegnet er, „aber das ist
hoch im Gebirge in der Nähe von tschechische Grenze. Dort ist seit
ungefähr 3o Jahren ein für Natur geschütztes Gebiet, auch in
Tschechische Republik; aber Wald ging kaputt durch sauer Regen.
Das kam von Industrie aus damalige Ostblockstaaten. Bei uns in
Polen hat man kranke Bäume abgeholzt und kleine neu gepflanzt.
Aber das dauert zu wachsen und neuen Wald zu geben." - „Und
was tut man beim Umweltschutz, damit der neue Wald gesund
bleibt ?"- „Ja, das ist finanzielles Problem. "Nach einer Pause fügt
er hinzu: „Neulich habe ich gelesen in Zeitung von sogenannte
'Öko-Konversion.' Das heißt, Schulden von Polen an andere Länder
werden in bestimmter Höhe nachgelassen, wenn das Geld für

Umweltschutz genommen wird. Das ist ein Anfang. Man wird sehen."-„Polen lieben Natur," fährt er fort, „es gibt in unserem Land ein Dutzend von geschützten Gebieten." - „Sie meinen Naturparks?" - „Ja, so sagt man. Vielleicht haben Sie gehört von 'Puszcza Kampinoska'. Das ist ein Landschaft nicht so weit von Warschau. Ein Freund von mir ist Biologe. Er war dort und hat erzählt, da gibt es Urwald und Moor. Es gedeihen seltene Tiere und Pflanzen. Er meint, dort ist es sehr schön. Vielleicht wollen Sie das besuchen?" - „Im Augenblick gefällt es mir hier sehr gut," sage ich. „Waren Sie schon einmal in dieses Gebiet, wo wir jetzt fahren?" - „Ja," überlege ich, „es muß in dieser Gegend gewesen sein. Wir waren auf dem Treck." - „Treck ? Was ist das ?" möchte Miroslaw wissen. Ich hole tief Luft und suche nach einer für ihn einleuchtenden Erklärung. Schließlich knüpfe ich an unser früheres Gespräch an: „Sie haben mir berichtet, wie Ihre Landsleute nach 1945 aus den ostpolnischen Gebieten hierher umgesiedelt wurden, weil die Sowjetunion diese Gebiete für sich beanspruchte. Vorher oder gleichzeitig mußten die Deutschen dieses Land verlassen. Es gab kaum Autos oder Busse und auch zu wenig Eisenbahnen; denn im Krieg war sehr viel zerstört oder beschlagnahmt worden. Deshalb gingen die Menschen zu Fuß." - „Aber Ihre Einrichtung von Wohnung und Kleider usw., was war damit ?" fragt Miroslaw. „Es wurden so viele Habseligkeiten wie möglich auf Handwagen gepackt. Die zogen die Vertriebenen hinter sich her. So bildeten sich kilometerlange Menschenschlangen auf den Straßen, die nannte man 'Treck'." - „Wer hat Ihnen gesagt, daß Sie gehen müssen?" - „Im Juli 1945 waren es noch Russen. Manchmal wurden sie von Angehörigen der polnischen Miliz begleitet. Die Russen standen am Straßenrand oder liefen an den Menschenschlangen vorbei und riefen: 'Dawai'!" - „Ja," lacht Miroslaw, „das ist russisch, es heißt: 'Los !'" Ich fahre fort: „Sie riefen es ganz oft und schnell hintereinander: 'Dawai, dawai, dawai!' Für mich hörte es sich an wie: 'Weiter, weiter, weiter !'" - „Wie ist das gegangen auf dem Treck ? Wie weit sind Sie gelaufen ? Was haben Sie gegessen, und wo haben Sie geschlafen?" Ich sehe ihn an: „Wollen Sie das wirklich wissen ?" - „Ja, ich habe bisher nicht gehört davon."- So erzähle ich, wie ich vor 50 Jahren den Treck erlebt habe.

Der Treck

(Juli 1945)

Es war ein heißer Tag Anfang Juli, als erneut die Nachricht durch unser Dorf ging, wir müßten unsere Häuser räumen und das Land verlassen. In den letzten Wochen hatte es viele Gerüchte gegeben. An einem Tag hieß es : „Die Russen bleiben hier". Am nächsten Tag waren es die Polen. Dann wieder umgekehrt. Aber immer wurde uns versichert : „Ihr müßt hier weg!" Das wollten wir am allerwenigsten glauben. An diesem Tag erzählte uns die Frau des Försters von nebenan: „Die Deutschen der Nachbarorte Schömberg und Dittersbach sind bereits auf dem Treck, der nach Görlitz geht. Dort an der Neiße ist jetzt die deutsch-polnische Grenze."

Die Bewohner unseres Hauses standen im Kreis auf der Terrasse vor der hinteren Eingangstür. Sie sahen sich ratlos an und zögerten, etwas zu tun. Meine Mutter überlegte und sagte dann entschlossen: „Ich packe." Wir gingen ins Haus. Koffer und Taschen wurden zurechtgestellt, die nötigsten Dinge des Alltags und Lebensmittel zusammengesucht. Meine Mutter hatte längst überlegt, was einzupacken war, und eine Liste angefertigt. Besonders wichtig waren Schmuck und Wertgegenstände, die man eventuell gegen etwas Eßbares eintauschen konnte. Schließlich saßen wir erschöpft auf dem Sofa, aßen ein Stück Brot und starrten auf das Gepäck, das sich in der Mitte unseres Wohnzimmers türmte.

Auf einmal hörten wir laute Stimmen hinter dem Haus und rannten wieder auf die Terrasse. Dort standen die Hausbewohner noch immer im Kreis und diskutierten aufgeregt miteinander. In ihrer Mitte sahen wir einen alten Mann mit seinem Fahrrad. Wir kannten ihn. Er wohnte auf einem der beiden Bauernhöfe am Ende des Dorfes und hatte schon öfter Nachrichten gebracht. Wir nannten ihn den 'Boten mit der Blechkarosse'. Sein Fahrrad war verrostet und hatte keine Reifen mehr. Neue gab es nicht. So fuhr er auf den Felgen. Außerdem quietschte sein Rad bei jedem Tritt auf die Pedale. Das zusammen machte so viel Lärm, daß man ihn meistens schon von weitem hörte. Heute mußte er sich sehr beeilt haben, denn er schwitzte und keuchte und rang nach Luft.

Wir erfuhren, daß man mit der Räumung unseres Dorfes begonnen hatte. Die Bäuerin auf dem Hof, wo der alte Mann wohnte, hatte sich geweigert zu gehen. Sie wollte ihre Tiere und ihre Felder nicht im Stich lassen. Es kam zum Streit. Schließlich wurde die Frau verprügelt und davongejagt. Der alte Mann durfte bleiben. Er hatte viele Jahre in Oberschlesien gearbeitet und konnte deshalb polnisch. Man brauchte ihn als Übersetzer.

Wir waren entsetzt und standen wie gelähmt da. Noch immer zögerten die anderen Hausbewohner. Sie sahen den alten Mann erwartungsvoll an in der Hoffnung, daß er eine bessere Nachricht für sie hätte. Aber er schüttelte den Kopf. Wieder ruhig atmend sagte er: „Es hat keinen Zweck, Ihr müßt fort." Meine Mutter richtete sich kerzengerade auf und holte tief Luft: „Dann gehe ich freiwillig." Sie drehte sich um und zog den Handwagen, der an der rechten Seite des Hauses stand, vor die Tür. Während wir das Gepäck aufluden, fingen die anderen Hausbewohner an zu packen. Meine Mutter war jedoch ungeduldig und wollte nicht mehr warten. Es war bereits früher Nachmittag. Wer weiß, wie weit wir gehen mußten. Wir fuhren los.

Unser Handwagen war aus Holz, etwa 1,50m lang und 80cm breit. Wir hatten so viel Gepäck aufgeladen, daß er eine Höhe von 1,70m erreichte. Damit nichts herunterfallen konnte, war alles mehrfach mit Stricken verschnürt und festgebunden. Trotz Hitze trug meine Mutter ihren Pelzmantel, weil in keinem Koffer mehr Platz dafür war. Wir hatten Mühe, den steilen Weg bergab durch unseren Garten auf die Straße zu kommen. Mein jüngerer Bruder und ich hielten mit all unserer Kraft den Wagen hinten fest, damit er nicht zu schnell hinunterrollen sollte, während meine Mutter ihn vorsichtig zur Gartentür lenkte. Auf der Landstraße angekommen fuhr es sich leichter, weil sie eben war. Wir reihten uns in eine kleine Karawane von Müttern, Kindern, alten Frauen und Handwagen ein. Männer sahen wir so gut wie keine. Sie waren alle noch „im Feld". Bis Liebau kamen wir ohne Zwischenfälle.

Dort trafen wir vor ihrem Haus Hanne Buhl mit ihren vier Kindern. Maria war 8 Jahre, Christl 6, Peter 4 und der kleine Hans 7 Monate alt. Wir berichteten Hanne von den Ereignissen in Ullersdorf. Ihre Eltern lebten dort. Ihr Vater war Waldarbeiter und hatte einen Ausweis von der polnischen Miliz. Er durfte bleiben, weil er als Arbeitskraft gebraucht wurde. Hanne wollte eigentlich mit ihren Kindern zu ihren Eltern gehen, da auch Liebau geräumt wurde. Nun besann sie sich anders: „Ich komme mit Euch." Auch sie hatte einen vollbepackten Leiterwagen. Außerdem saß der kleine Hans zwischen vielen Taschen und Tüten, die im Kinderwagen um ihn herum verstaut waren. Neugierig versuchte er, an sie heranzukommen, um den Inhalt zu untersuchen; aber Hanne hatte alles so verteilt, daß nichts für ihn erreichbar war. Wir löschten unseren Durst mit Wasser. Dann sperrte Hanne ihr Haus zu, und wir fuhren gemeinsam los.

Langsam bewegte sich der Treck zur Stadt hinaus. Aus der sommerlichen Hitze war drückende Schwüle geworden. Die Menschen schlichen. Nur das Rattern der rollenden Handwagen über das Kopfsteinpflaster war zu hören. Später auf der Landstraße war die Luft besser. Hier wuchsen Bäume, die Schatten gaben. Doch dafür trieben uns drei Russen zur Eile an: „ Dawai, dawai, dawai !" Sie liefen wie Schäferhunde an einer Schafherde den Treck entlang und knallten mit ihren Peitschen. Dazu riefen sie immer wieder: „Dawai, dawai, dawai !"

Wir erfuhren, daß wir heute bis Michelsdorf laufen sollten. Das waren noch etwa 8 km. Unser Treck war nun so lang, daß man das Ende nicht sehen konnte. Die Straße war schmal. Es hatten nur zwei Handwagen nebeneinander Platz. Hanne und meine Mutter gingen zusammen. Wir Kinder halfen abwechselnd beim Ziehen. Maria und Christl schoben den Kinderwagen mit dem kleinen Hans hinterher. Ich bekam mit, wie Hanne meiner Mutter erzählte, daß Bekannte von ihr eine Woche nach der Räumung von Dittersbach zurückgekommen waren. Auf dem Treck hatten sie von den schlimmen Zuständen erfahren, die in Görlitz an der Grenze herrschten.

Da hatten sie sich zwei Tage in einem Wald versteckt und waren auf Nebenstraßen zurück nach Dittersbach gefahren. Niemand hielt sie auf. Sie hatten ihr Haus unverändert und unbewohnt vorgefunden. Seitdem wären sie nicht erneut aufgefordert worden zu gehen. Sie wollten nun erst einmal abwarten. Hanne und meine Mutter beschlossen, das auch zu versuchen. Von da an lauerten wir auf eine passende Gelegenheit, uns vom Treck zu entfernen.

Sie kam am Abend. Wir waren nicht mehr weit von Michelsdorf entfernt, da entdeckten wir auf der rechten Seite einen breiten Schotterweg, der ziemlich steil einen bewaldeten Berg hinaufführte. Wir lösten uns aus der Schlange des Trecks und hielten mit unserem Wagen am Beginn des Schotterweges an. Dann taten wir so, als müßten wir unser Gepäck neu befestigen. Dabei schauten wir uns vorsichtig nach unseren Russen um. Da der Treck sehr lang war, kamen sie nur noch selten vorbei. Sie waren weder zu sehen noch zu hören. So nutzten wir die Chance und verschwanden so schnell wie möglich im Wald.

Als wir außer Sichtweite waren, blieben wir stehen und sahen uns um. Niemand folgte uns. Was nun? Wir mußten einen Platz zum Schlafen finden. Also weiter bergauf. In den Schotterweg waren zwei Furchen gegraben. die offensichtlich von den Rädern eines Lastwagens herrührten. Unser Wagen war nicht so breit, daß wir darin fahren konnten. Ausweichen ging auch nicht. So befanden sich die Räder auf der rechten Seite in einer Furche und die auf der linken Seite in der Mitte des Weges, die höher war. Damit lag unser Wagen schief und drohte umzukippen. Während meine Mutter zog, stemmten mein Bruder und ich uns mit aller Kraft dagegen, um ihn daran zu hindern. Nach etwa 100m erreichten wir einen Steinbruch. Er mußte schon längere Zeit stillgelegt sein, denn überall wuchsen Blumen und Gras. An der linken Seite standen ein paar Holunderbäume und an der rechten entdeckte ich Himbeersträucher. Wir beschlossen, unser Lager unter den Holunderbäumen aufzuschlagen.

Zum Abendessen hatte Hanne Buhl Pellkartoffeln und ein paar halbreife Tomaten aus ihrem Garten. Meine Mutter packte Brote aus, die mit Margarine und Kunsthonig bestrichen waren. Zu trinken gab es Wasser. Nur der kleine Hans und Peter bekamen etwas Milch. Wir teilten die Hälfte von allem untereinander auf, damit noch genug zum Frühstück übrig war. Als wir fertig waren, rief ich : „Da drüben wächst unser Nachtisch!" und rannte mit den Kindern zu den Himbeersträuchern.

Es war ein schöner Abend. Ein kühler Wind hatte die Schwüle vertrieben. Wir legten uns mit unseren Decken unter die Holunderbäume. Als es dunkel wurde, sah ich zum ersten Mal in meinem Leben Glühwürmchen. Sie flogen wie kleine Sterne in großer Zahl um uns herum. Wenn man ihnen zu nahe kam, löschten sie ihr „Licht" und zündeten es in angemessener Entfernung wieder an. Ich sah ihnen zu, bis ich einschlief.

In der Nacht wurden wir von einem Gewitter geweckt. Blitz und Donner waren zum Fürchten. Dazu regnete es wie aus Kannen. Im Nu tropfte das Wasser von den Ästen der Holunderbäume auf uns herab. Meine Mutter versuchte, uns mit zwei Regenschirmen zu schützen. Anne breitete einen Regenmantel über ihre Kinder, die vor Angst weinten. Dann nahm sie eine Zinkwanne von ihrem Leiterwagen und stellte sie unter den freien Himmel, um Regenwasser darin aufzufangen. Anschließend setzte sie sich mit dem kleinen Hans unter einen Regenschirm. Aber es half alles nichts, wir wurden durch und durch naß.

Gegen Morgen froren wir unter unseren feuchten Decken und standen deshalb früh auf. Wir wuschen uns mit dem Regenwasser aus der Zinkwanne. Zum Frühstück setzten wir uns in die Sonne, um uns aufzuwärmen. Meine Mutter und Hanne überlegten, was zu tun sei. Der Schotterweg endete am Steinbruch. Hier konnten wir nicht bleiben. Also zurück auf die Straße. Dort hofften wir, auf Nebenwegen wieder nach Hause zu kommen. Jedoch der Plan mißlang. Als wir die Straße erreicht hatten, gerieten wir in den nächsten Treck. Er war so gut bewacht, daß wir nicht entkommen konnten.

Wir trafen Bekannte aus Liebau, eine ältere Frau mit ihren beiden Töchtern. Die eine war Lehrerin, von der anderen sagte man, sie sei krank. Sie hatten keinen Handwagen, sondern schoben zwei altmodische Kinderwagen vor sich her.

Wir fuhren durch Michelsdorf, immer begleitet von den Rufen: „Dawai, dawai, dawai!" Am Ende des Dorfes kam uns auf einem Fahrrad ein Russe entgegen. Er war betrunken, grölte laut, knallte mit der Peitsche und drohte jeden Augenblick das Gleichgewicht zu verlieren. Bei uns angekommen hielt er an, ließ das Fahrrad fallen und schlug mit seiner Peitsche nach mir. Ich schrie und suchte Deckung auf der anderen Seite unseres Wagens. Daraufhin hieb er auf den Rücken meiner Mutter ein. Ich lief voller Angst zu ihr, aber sie zeigte keinen Schmerz und zog den Wagen weiter. Schließlich verlangte der Russe von ihr, den Mantel auszuziehen. Wir befürchteten Schlimmes. Er riß ihn ihr aus den Händen. Dann nahm er sein Fahrrad hoch und fuhr mit dem Mantel über der Lenkstange davon. „Hat es sehr wehgetan?" fragte ich meine Mutter. - „Nein, der Mantel hat viel abgehalten." - „Tut es dir leid, daß der Russe ihn mitgenommen hat?" - „Ach wo, er war viel zu warm bei der Hitze."

Wir zogen weiter. „Heute bis Schmiedeberg," hieß es. Das waren mindestens 10 km. Die Fahrt wurde jetzt anstrengender. Es war wieder heiß geworden, und die holprige Straße stieg ständig an. Gegen Mittag erreichten wir den Schmiedeberger Paß, eine breitere asphaltierte Straße, die in vielen Kurven durch ein Waldgebiet bergauf führte. Nach einer kurzen Mittagspause, bei der unsere mitgenommenen frischen Lebensmittel zu Ende gingen, begannen wir mit dem Aufstieg. Wir kamen nur langsam voran. Meine Mutter zog mit meinem Bruder den Wagen, ich schob. Vor uns lief Hanne Buhl mit ihren Kindern, hinter uns die drei Frauen aus Liebau. Nach jeder Kurve blieben wir einen Augenblick stehen. Unsere Führer liefen stumm nebenher. Sie sahen wohl ein, daß ihr „Dawai" hier nichts nutzen würde. Der Himmel zog sich zu, und die Luft wurde immer drückender. Plötzlich hörten wir hinter uns einen Schrei.

Wir drehten uns um. Zwei Russen stiegen aus einem Auto und machten sich über die Gepäckstücke der Frauen her. Im Gegensatz zu unserem Wagen, auf dem alles fest verschnürt war, lagen ihre Sachen locker darin und waren leicht zugänglich. Die Russen warfen den Inhalt eines Wagens in ihr Auto. Dann wandten sie sich dem zweiten zu, auf dem obendrauf ein Federbett lag. Das schlitzten sie mit einem Messer auf, weil sie wertvolle Dinge darin vermuteten. Sie schüttelten das Bett, die Federn verteilten sich wie Schneeflocken auf der Straße. In diesem Augenblick fiel die kranke Tochter von der Frau aus Liebau der Länge nach um. Sie lag besinnungslos auf der Straße und zuckte. Da bekamen es die Russen mit der Angst und fuhren davon. Wir schoben unsere Wagen an den Straßenrand. Dann zogen Hanne Buhl und die Schwester, die Lehrerin war, die Frau auf die Seite. Ihre Mutter kniete neben ihr nieder und fing laut an zu beten. Wir standen hilflos dabei. „Sie hat einen epileptischen Anfall," sagte Hanne leise zu meiner Mutter. Auf einmal fing es an zu regnen. Erst waren es nur einzelne Tropfen, dann wurde ein Platzregen daraus, dazu Blitz und Donner. Die kranke Frau kam zu sich. Sie sah sich um und stand auf, als wäre nichts gewesen. Wir gingen weiter und wurden zum zweiten Mal naß bis auf die Haut.

Am späten Nachmittag erreichten wir Schmiedeberg, eine langgestreckte kleine Stadt. Nun mußte ein Quartier gefunden werden, denn im Freien wollten wir auf keinen Fall mehr übernachten. Jedoch der Ort war von Flüchtlingen überfüllt. „Wir versuchen es beim Pfarrer," schlug die Frau aus Liebau vor. Wir bewegten uns auf die große Kirche im Zentrum zu. In dem schon gut mit Menschen gefüllten Gemeindesaal fanden wir Unterkunft. Es gab heißen Tee und etwas trockenes Brot. Meine Mutter rückte außerdem ein paar Zwiebäcke heraus. Sie hatte für den Notfall einen Vorrat angelegt. Geschlafen wurde auf Strohsäcken. Das Stroh piekste uns die ganze Nacht, aber es war trocken.

Am nächsten Tag hatte es sich abgekühlt. Sonne und Wolken wechselten sich ab, uns auf unserem Treck zu begleiten. Die Straße war nicht mehr so steil, es ging sogar manchmal etwas bergab.

Der gestrige Tag war sehr anstrengend gewesen. So zogen wir schweigend und mutlos dahin. Meine Mutter fühlte sich schwach, und der kleine, sonst lebhafte Hans verhielt sich still und teilnahmslos."Heute bis Hirschberg," erfuhren wir und nickten. Etwa 12 km mußten wir gehen. "Dawai, dawai, dawai!" riefen unsere Begleiter. Die Menschen auf dem Treck wurden zornig. Um mich herum hörte ich, wie sie leise schimpften. Als unsere Wagen nach einer Anhöhe wieder etwas bergab rollten, kam hinter uns in wilder Fahrt ein Auto angerast. Es fuhr in Schlangenlinien an uns vorbei, so daß wir zur Seite springen mußten. Die Fenster des Wagens waren offen, und wir hörten laut singende Russen, die offenbar betrunken waren. Etwa 30 Meter von uns entfernt riß das Auto einen Handwagen um. Dann geriet es ins Schleudern, prallte auf der linken Straßenseite gegen einen Baum, kippte um und überschlug sich mehrfach, während es einen Abhang hinunterrollte. Von einem Gebüsch aufgehalten blieb es liegen. Wir starrten hinunter. Nichts rührte sich. Unsere Begleiter warfen ihre Peitschen weg und beeilten sich, ihren Landsleuten zu Hilfe zu kommen, indem sie den Abhang hinunterrutschten. Einen Augenblick war es ganz still. Dann erhob sich ein Freudengeschrei, wie ich es bisher nicht gehört hatte. Die Menschen des Trecks jubelten, als hätten sie eine Schlacht gewonnen. Mir war unheimlich, und ich sah zu dem Auto hinab, in dem sich kein Lebenszeichen rührte. Unsere Begleiter kamen zurück, und wir mußten weiter. Später fragte ich meine Mutter, weshalb sich die Menschen über den Tod der Russen so gefreut hätten. Sie antwortete kurz: "Ihr unterdrückter Zorn hat sich in Schadenfreude verwandelt."

Gegen Mittag kamen wir nach Zillerthal-Erdmannsdorf, einem langgestreckten Ort. Wir versuchten, etwas zu essen zu bekommen. Zu kaufen gab es nichts, aber bei einem Bauern erstanden wir Pellkartoffeln, ein paar junge Mohrrüben und eine Kanne Milch, von der der kleine Hans am meisten bekommen sollte.Trotz längerer Ruhepause fiel es uns schwer weiterzugehen. Mein Bruder und ich bemühten uns, meiner Mutter beim Ziehen des Wagens zu helfen; aber sie schlich und kam immer langsamer voran. Einer unserer Begleiter überholte uns, sah sie an und ging auf sie zu.

Meine Mutter wich zur Seite in der Erwartung, daß er unseren Wagen plündern wollte. Aber er griff nach der Deichsel und half ihr beim Ziehen. Ich starrte ihn an. Es ging wieder ein bißchen bergauf. Er zog mit ihr den Wagen, bis sein „Kollege" in Sicht kam. Da ließ er die Deichsel los und hob bedauernd die Schultern, als wollte er sagen: „Jetzt darf ich nicht mehr helfen." Durch seine Tat schien meine Mutter für eine Weile kräftiger zu sein. Aber als wir am Stadtrand von Hirschberg ankamen, ließ sie den Wagen stehen, setzte sich an den Straßenrand und sagte. „Ich kann nicht mehr." Sie starrte vor sich hin und rührte sich nicht. Wir brauchten lange, um sie zur Weiterfahrt zu überreden.

In Hirschberg hatten wir Glück. Wir durften in einem Hotel übernachten, bekamen zwei Zimmer und konnten ein Bad nehmen. Es gab heiße Kartoffelsuppe und Tee, soviel wir wollten. Wir aßen und tranken uns satt. Nur der kleine Hans wollte nichts essen. „Er hat Fieber," sagte Hanne, und meine Mutter: „Du mußt zum Arzt." - „Geben Sie ihm heiße Milch mit Honig," meinte der Doktor und händigte ihr ein Fläschchen aus : „Dreimal täglich 20 Tropfen, und in 3 Tagen ist er wieder gesund." Im Hotel ließen wir die Milch, die vom Mittag übrig war, erhitzen. Meine Mutter hatte noch etwas Kunsthonig, der hineingerührt wurde. Hanne brauchte fast eine Stunde, bis der kleine Hans alles zu sich genommen hatte.

Die nächsten 3 Tage verliefen ähnlich wie bisher, jedoch ohne besondere Vorkommnisse. Das Wetter hatte sich stabilisiert, und wir uns an den täglichen Marsch von 12 bis 15 km gewöhnt. Der 4. Tag unserer Wanderung brachte uns nach Spiller, wo wir am Ende des Dorfes auf einem Heuboden übernachteten. Am 5. Tag machten wir Quartier in dem Tanzsaal einer Gaststätte in Greiffenberg. Am 6. Tag sollten wir bis zu der kleinen Stadt Lauban kommen. Von dort, sagte man, wären es noch 25 km bis zur deutsch-polnischen Grenze in Görlitz. Wohin wir dann gehen sollten, verriet uns niemand. Wenn wir danach fragten, zuckte man mit den Achseln. - Der kleine Hans hatte immer noch Fieber. Von Tag zu Tag lag er apathischer in seinem Kinderwagen, den Hanne jetzt schob. Sie wollte ihrem Kind so nah wie möglich sein.

In Lauban angekommen, sah ich zum ersten Mal im Krieg zerstörte Häuser. Wir fanden am Rande der Stadt Unterkunft in einer Schule. Die Klassenräume waren bereits mit Vertriebenen belegt. Für die Neuankömmlinge wurde nun die Turnhalle zur Verfügung gestellt. Ich suchte mir einen gepolsterten Kasten zum Schlafen aus. Auf dem Schulhof stand eine Gulaschkanone, aus der Graupensuppe ausgeschenkt wurde. Ich mochte Graupen nicht. Trotzdem holte ich mir so oft Nachschlag, bis ich satt war.

Hanne wollte mit dem kleinen Hans sofort zum Arzt. Man riet ihr, lieber in das nahegelegene Krankenhaus zu gehen. Sie bat meine Mutter, auf die älteren Kinder zu achten, und rannte los. Am späten Abend kam sie zurück und teilte uns mit, sie würde über Nacht im Krankenhaus bei ihrem Sohn bleiben: „Er hat eine Lungenentzündung. Es ist ernst." Sie wandte sich schnell um und ging weg. Wir wurden ganz still und traurig. - Am nächsten Morgen kam Hanne zurück. Sie hatte rot verweinte Augen. Der kleine Hans war tot. Irgendwie schaffte es meine Mutter, einen weißen Kindersarg zu bekommen. Außerdem nahm sie Kontakt zu einem alten Pfarrer auf und half Hanne, alle Formalitäten zu erledigen. Am nächsten Tag sollte die Beerdigung sein. So lange erlaubte man uns, in Lauban zu bleiben.

Wir durften den kleinen Hans noch einmal sehen. Sein Gesicht war blaß. Er wirkte so friedlich, als würde er schlafen. Seine Schwester Maria hatte ihm aus Kornblumen einen Kranz geflochten und um seinen Kopf gelegt. Hanne weinte haltlos. Sie nahm den kleinen Leichnam aus dem Sarg und drückte ihn an sich. „Nicht so nah, Hanne," flüsterte meine Mutter. Warum, verstand ich nicht. Dann begann die Trauerfeier. Als der kleine Hans beerdigt war, schmückten wir sein Grab mit Wiesenblumen.

Am nächsten Tag mußten wir eine Entscheidung treffen. Der Pfarrer hatte uns abgeraten, nach Görlitz zu gehen: „Die Stadt ist mit Flüchtlingen überfüllt. Es gibt weder Nahrungsmittel noch Unterkünfte, die hygienischen Zustände sind katastrophal ! Ich weiß es von einer Frau, die es geschafft hat, hierher zurückzukommen. Kehren Sie um !"

Wir entschlossen uns, seinem Rat zu folgen und suchten ihn noch einmal auf. Wir wollten uns nach geeigneten Nebenstraßen erkundigen, damit wir nicht wieder in einen Treck hineingeraten würden. Er empfing uns freundlich und breitete eine Karte auf seinem Schreibtisch aus. Wir legten gemeinsam eine Route fest: Über Marklissa, Friedeberg, Hermsdorf sollten wir es versuchen und möglichst die größeren Orte umgehen.

Wir machten uns auf den Weg. Sechs Tage waren wir auf meist einsamen Straßen unterwegs. Niemand hielt uns auf. Am 3. Tag sahen wir etwa 30m rechts von der Straße auf einer Wiese ein totes Pferd. Es hatte einen furchtbar dicken Bauch. Ich wollte hin, um es aus der Nähe zu betrachten; aber meine Mutter hielt mich davon ab. -Noch einmal verbrachten wir eine Nacht im Freien am Rande einer Waldlichtung. Es war warm und regnete nicht. Glühwürmchen ließen sich keine blicken.

Zwei Wochen, nachdem wir unser Haus verlassen hatten, kamen wir zurück und fanden es unverändert. Tante Ruth und eine alte Freundin der Familie, wir nannten sie Tante Lene, begrüßten uns auf der Treppe. Sie waren zu Hause geblieben. Alle anderen Mitbewohner hatte das 'Räumkomando' auf den Treck geschickt. „Wir haben uns ganz still ins Schlafzimmer gesetzt und gewartet, bis sie fort waren," berichteten sie. „Ihr hättet die Strapazen auch nicht ausgehalten." Dann erzählten wir, was wir auf dem Treck erlebt hatten."

Ich habe meine Erzählung beendet. Einen Augenblick lang schweigen wir. Dann sieht Miroslaw mich von der Seite an und sagt: „Es ist sehr traurig, daß kleine Hans gestorben ist. Wirklich, das tut mir so leid!" Nach einer Pause fügt er hinzu: „Aber für Sie als Kind war Treck ein bißchen wie großes Abenteuer, ja ?" - „Ich weiß nicht. Hört es sich heute so an ? Mag sein, daß Kinder so etwas anders erleben als Erwachsene." - „Wo war Ihr Vater in dieser Zeit ?" - „Er war Soldat. - Zwei Wochen nach unserer Rückehr vom Treck kam er aus dem Krieg zurück." - „Wie geschah das ?" - „Ich spielte im Garten. Plötzlich stand ein Mann am hinteren Gartentor, das immer abgeschlossen war. Der Mann sprach mich an und sagte: „Isa, hol den Schlüssel und laß mich rein!" Ich sah ihn verwundert an und lief ins Haus zu meiner Mutter: „Am Gartentor steht ein Mann, der sagt, ich soll ihm aufschließen." - „Ein Russe ?" -"Nein, er kann deutsch und kennt meinen Namen." - Meine Mutter wurde blaß. Dann rannte sie los. Ich sah, daß sie den Schlüssel vergessen hatte, nahm ihn und folgte ihr. Am hinteren Gartentor stand mein Vater." - „Sie haben ihn nicht gekannt ?" - „Ich hatte ihn seit mehr als drei Jahren nicht gesehen." - „Wie lange sind Sie danach noch in Schlesien geblieben?" - „Bis zum Sommer 1946."-

Wir sind in Kowary angekommen (früher Schmiedeberg, wie ich später erfahre) und fahren durch die langgezogene Stadt. Nicht weit nach dem Ortsende biegt eine schmalere Straße links ab nach Karpac. Sie schlängelt sich in vielen Kurven bergauf. Hier gibt es nicht so viel Wald, dafür immer wieder herrliche Ausblicke in die Täler. Miroslaw ist begeistert: „Ist das ein schöne Landschaft! Ich habe bis heute nicht gekannt." - „Sehen Sie," rufe ich ihm übermütig zu, „durch mich lernen Sie Ihre Heimat kennen!" - In diesem Augenblick spüre ich in mir einen brennenden Schmerz. Meine Kehle ist wie zugeschnürt; so wie damals in der Schule.

Heimweh

(Sommer 1949)

Es war kurz vor den Sommerferien. Wir gingen in die 7. Klasse und hatten Englischunterricht. „Heute werden wir ein Gedicht kennenlernen," sagte unsere Lehrerin. „Schlagt die Bücher auf, Seite 53." Wir wurden aufgefordert, abwechselnd vorzulesen: „Please, speak 'Kings English'", unterbrach sie, wenn ihr unsere Aussprache nicht gefiel. Es folgte die Übersetzung des Textes. Sie schrieb unbekannte Vokabeln an die Tafel und erklärte ihre Bedeutung. Am Ende der Stunde teilte sie uns mit: „Kommt bitte nach der Pause in die Aula und bringt die Bücher mit. Wir werden in der nächsten Stunde die Melodie zu dem Gedicht lernen."

In der Aula stand ein Flügel. Unsere Lehrerin setzte sich hin und fing an zu spielen. Sie wartete, bis wir alle zuhörten. Dann begann sie zu singen. Es war eher ein Sprechgesang, denn ihre Stimme war heiser. Umso mehr betonte sie die Folge der Melodie auf dem Flügel. Als sie fertig war, sah sie uns an: „Jetzt versuchen wir es gemeinsam." Wir sangen:

> „Oh give me a home,
> where the buffalo roam,
> where the deer and the antelope play,
> where seldom is heard
> a discouraging word
> and the skies are not cloudy all day.
>
> Home, home on the ranch,
> where the deer and the antelope play,
> where seldom is heard
> a discouraging word
> and the skies are not cloudy all day."

Ich konnte nicht singen. In mir fühlte ich einen brennenden
Schmerz. Meine Kehle war wie zugeschnürt. Ich saß einfach da
und senkte den Kopf. Tränen liefen über mein Gesicht und fielen
dann auf meinen Rock. Ich hatte Heimweh. Heimweh nach den
Glockenblumen in unserem Garten, Heimweh nach dem 13. Gipfel,
Heimweh nach Ullersdorf !

Meine Lehrerin sah mich mit ihren großen Augen mitfühlend an. Um
mich herum war es still, bis eine Klassenkameradin fragte: „Warum
heult die denn jetzt ?"

Miroslaw holt mich in die Gegenwart zurück: „Möchten Sie hören eine Musik?" - „Ja, gern." - Er legt eine Kassette ein: „Leonard Bernstein dirigiert die Wiener Philharmoniker," sagt er bedeutungsvoll. Das Symphonieorchester spielt einen langsamen Teil, der mit dramatischen Akkorden durchsetzt ist und mich an „Don Giovanni" erinnert. „Mozart?" vermute ich. Miroslaw nickt. Nach ein paar Takten wage ich noch eine Frage: „Dieser schrille Akkord, kurz vor dem Ende des langsamen Teils, was ist das?" Miroslaw überlegt: „Ah, ich weiß, was Sie meinen. Das ist Sekundreibung. Nicht wahr, es klingt, als wenn ein Herz zerreißt?" - „Ja.". - Bis zu unserer Ankunft in Karpac hören wir gemeinsam den 1. Satz der Symphonie Nr. 39 in Es-dur ‚KV 543, von Wolfgang Amadeus Mozart.

Wir treffen die Reisegruppe im Hotel Skalny. Es wird gerade der Nachtisch serviert. Inge und Julia winken mir von ihrem Tisch aus zu. Dort ist kein Platz mehr, und so setzen wir uns zu Fahrer Steven, Frau Müller und Herrn Galitzky.Während uns unser Essen serviert wird, berichten wir das Erlebte. Herr Galitzky hört aufmerksam zu und stellt immer wieder Fragen. Schließlich wendet er sich an mich: "Tut es Ihnen nicht leid, daß Sie bei der Fahrt zur Schneekoppe nicht dabei waren?" - „Nein, ich habe sie immer nur von weitem gesehen." - „Wissen Sie denn, wie hoch sie ist ?" - „1603 Meter." - „Das stimmt nicht," sagt Herr Galitzky, „ sie ist 1602 m hoch." - Ich bestehe darauf: „ In der Schule habe ich gelernt 1603 m." Herr Galitzky lächelt: „Ja, sehen Sie, seitdem waren viele Flüchtlinge hier. Alle haben ein paar Steine von der Schneekoppe mitgenommen. Deshalb ist sie nur noch 1602 m hoch." Wir lachen.

Nach dem Essen verabschiede ich mich von Miroslaw. Wir tauschen unsere Adressen aus, und ich „gebe ihm, was ich für richtig halte", so wie es Herr Galitzky gemeint hat. Dabei weiß ich, daß ich diesen Tag nicht mit Geld bezahlen kann.

Die Friedenskirche

„Wie war's?" fragen Inge und Julia, als wir unsere Plätze im Bus wieder eingenommen haben. „Habt Ihr das Haus gefunden ?" - Ich strahle: „Ja!" - „Und ? Ward Ihr drin ?" - „Wir waren auch drin." - „Erzähl doch!" Ich versuche, das Erlebte kurz zu schildern, werde aber von Herrn Galitzky unterbrochen, der fragt, ob „alle an Bord" sind. „Oma Haubitz ist noch nicht da!" ruft Jemand. In diesem Augenblick kommt Thomas angerannt: "Bitte warten Sie, meine Oma ist dahinten!" Alle drehen sich um und sehen, wie Oma Haubitz in etwa 100 Meter Entfernung winkt und sich beeilt, den Bus zu erreichen. Als sie es geschafft hat, ist sie ganz außer Atem. Herr Galitzky hilft ihr beim Einsteigen. Schnaufend fällt sie auf ihren Sitz. Wir fahren ab. Ich sehe, daß noch vier Teilnehmer fehlen und will es melden. Da erfahre ich, daß das Ehepaar aus Hirschberg dort ausgestiegen ist und wir sie auf der Rückfahrt wieder abholen werden. Die Frau aus Zobten wollte mit ihrem Mann mit dem Zug in ihre Heimatstadt fahren. Herr Galitzky hat ihnen die Abfahrtzeiten besorgt und aufgeschrieben, welche Fahrkarten sie lösen müssen. Sie werden zum Abendessen im Hotel erwartet.

Ich wende mich erneut Inge und Julia zu und erzähle von meinen Eindrücken auf der Fahrt mit Miroslaw und in Ullersdorf. Die pensionierte Studienrätin hat zugehört: „Waren Sie in Ihrem Heimatdorf ?"- „Ja, und Sie ?" - Dabei kommt mir der Gedanke, daß wir sie nach Landeshut hätten mitnehmen können. Aber sie teilt meine Begeisterung nicht: „Ich kann mir nicht vorstellen, daß ich mich heute über den Anblick meines Elternhauses freuen könnte. Deshalb möchte ich es so in Erinnerung behalten, wie wir es damals verlassen haben." - „Aber Sie sind nach Breslau und ins Riesengebirge gefahren," versuche ich einzuwenden. - „Das ist etwas anderes," antwortet sie kurz, dreht sich um und sieht zum Fenster hinaus. - „Und was habt Ihr gesehen?" frage ich Inge und Julia. Sie berichten von der Schneekoppe, daß sie oberhalb von Karpac in der Kirche Wang waren und das Haus von Gerhard Hauptmann in Agnetendorf besucht haben.

Wir erreichen wieder die Straße, auf der es rechts nach Kowary geht. Wir jedoch biegen links ab und fahren in Richtung Jelenia Gora (Hirschberg). Oma Haubitz hat sich erholt und kann wieder ruhig atmen. Nun jammert sie und schlägt die Hände zusammen: „O je, o je, die Verhältnisse hier! Nein, die Verhältnisse hier!" Sie war bei ihrer Schwester, die nach dem Krieg in Karpac (Krummhübel) geblieben ist. „Früher hatte meine Schwester Geld, nicht viel, aber es reichte. Dafür gab es nichts zu kaufen. Heute gibt es alles, aber ihre Rente ist zu klein!" - Frau Müller fragt Thomas, wie es ihm gefallen hat. Er ist begeistert: „Im Hof von meiner Tante steht ein Brunnen. Das Wasser wird mit einem Eimer an einer langen Schnur heraufgeholt. Der Brunnen ist mindestens zehn Meter tief. Wenn man hineinruft, kommt ein Echo." - „Möchtest Du wieder hierherkommen?"erkundigt sich Herr Galitzky. - „Ja, in den großen Ferien! Wenn meine Eltern es erlauben, kann ich mit dem Flugzeug nach Breslau fliegen. Meine Tante holt mich am Flughafen ab. Sie kennt einen Mann, der ein Auto hat."

In Hirschberg steuern wir einen Parkplatz an, der nicht weit vom Marktplatz entfernt ist. Dort wartet unser Ehepaar. Ihre Augen leuchten wie die von Kindern unterm Weihnachtsbaum: „Es ist fast alles so wie früher!" schwärmen sie. „Wir sind die Wege unserer Kindheit gegangen und haben unserer alten Schule einen Besuch abgestattet." - „Und Ihre Häuser ?" - „Die haben wir nur von außen gesehen. Ihre Fassaden sehen schlimm aus. Wir wissen nicht, wer dort wohnt. Wir wollten lieber herumlaufen. Als wir müde waren, haben wir uns in das alte Café am Marktplatz gesetzt, das es damals schon gab."
Wir verlassen Hirschberg. Unsere Fahrt geht auf einer gut ausgebauten Straße durch bewaldetes Hügelland und kleine Dörfer allmählich bergab. Es ist dieselbe Straße, auf der die Reisegruppe nach Karpac gekommen ist. Herr Galitzky hat heute morgen erklärt, was es zu sehen gibt. Jetzt überläßt er uns unseren Gedanken. Erst als wir Bolkow (Bolkenhain) mit seiner mächtigen Burganlage und die ebenfalls weithin sichtbare Burgruine Swiny, genannt Schweinhaus, hinter uns haben, beginnt er, uns auf den Besuch der Friedenskirche vorzubereiten.

„In einer halben Stunde werden wir in Schweidnitz sein und dort eine der drei Friedenskirchen besuchen. Ich möchte Ihnen etwas über ihre Entstehung sagen: Die Geschichte der Friedenskirchen beginnt mit dem Ende des 30-jährigen Krieges und dem „Westfälischen Frieden" von 1648, dem sie ihren Namen verdanken. Der Kampf um die sogenannte „rechte Lehre" hatte vielen Menschen den Tod gebracht. Nun hofften die evangelischen Christen in Schlesien auf die Gleichstellung ihrer mit den anderen christlichen Konfessionen. Der habsburgische Kaiser Ferdinand III. erlaubte ihnen jedoch nur den Bau von drei Kirchen in den niederschlesischen Erbfürstentümern Glogau, Jauer und Schweidnitz. Dies war ein Gnadenakt, der außerdem mit strengen Auflagen verbunden war. Die Kirchen mußten außerhalb der Stadt errichtet werden. Sie durften weder einen Turm noch Glocken besitzen. Als Baumaterial waren nur Holz, Lehm und Stroh gestattet, und die Bauzeit sollte ein Jahr nicht überschreiten.

1652 wurde in Glogau die erste der drei Kirchen errichtet. Ein Sturm zerstörte sie nach kurzer Zeit. Man baute sie wieder auf, aber - wie sagt man bei Ihnen? - sie „fiel dem Zahn der Zeit" zum Opfer. Es gibt sie nicht mehr.

Für die Friedenskirche von Jauer wurde 1654 der Grundstein gelegt. Ein Jahr später weihte man sie ein. Es ist die evangelische Kirche „Zum heiligen Geist". Zu Beginn des 20. Jahrhunderts hatte sie rund 12 000 Mitglieder. Seit 1945 ist aufgrund der Umsiedlungen der überwiegende Teil der Bevölkerung in Schlesien katholisch. Deshalb gibt es heute nur 35 Gläubige der polnischen Evangelisch-Augsburgischen Gemeinde. Das ist nicht viel für ein Gotteshaus, in dem 6000 Gläubige Platz hatten. Um die Kirche zu erhalten, ist die Gemeinde deshalb auf Unterstützung angewiesen. Sie erhält Spenden, u.a. auch aus Deutschland über das Gustav-Adolf-Werk; aber auch von Freunden, die sich mit ihr verbunden fühlen. Einer von ihnen ist Freiherr von Richthofen. Sie kennen sicher seinen Namen. Seine Familie hat über 350 Jahre in dieser Gegend gelebt, und sein Urgroßvater wurde in der Friedenskirche von Jauer getauft.

Ein Freundeskreis des Freiherrn sammelt dafür, daß die Orgel wieder spielbar gemacht wird. Man sagt, die Kirche hat eine sehr gute Akustik. Deshalb finden dort jedes Jahr „Friedenskonzerte" statt, an denen Sänger und Instrumentalisten aus Polen und ausländische Künstler beteiligt werden. So versucht man, auch auf diese Weise die Kirche zu erhalten.

Die bedeutendste der drei Friedenskirchen ist die Kirche „Zur Heiligen Dreifaltigkeit" in **Schweidnitz.** Sie wurde in den Jahren 1656/57 als Fachwerkbau errichtet. Auch für sie galt die Verordnung des Kaisers in Wien: Bauplatz außerhalb der Stadt, kein dauerhaftes Baumaterial, kein Turm und keine Glocken. Erst im Jahre 1708 ist etwas entfernt von der Kirche ein Turm entstanden. Sie werden sehen, es ist eine große Kirche. 7500 Gläubige fanden in ihr Platz. Mehr möchte ich Ihnen nicht im voraus sagen, denn sie werden eine gute Führung haben. Reisegruppen erhalten in dieser Kirche über ein Tonband die wichtigsten Informationen. Aber ich kenne den Pfarrer der polnischen Evangelisch-Augsburgischen Gemeinde. Er hat mir versprochen, Ihre Gruppe persönlich zu übernehmen. Er spricht deutsch und weiß sehr gut Bescheid. Sie können ihn alles über die Kirche fragen. Er wird Ihnen keine Antwort schuldig bleiben."

Kurz darauf parkt Steven unseren Bus in der Straße neben der Kirche. Wir steigen aus und betreten ein großes, mit Bäumen bewachsenes Gelände. Es ist ein alter Friedhof. Von der Friedenskirche ist wenig zu sehen. Zwischen den Bäumen erscheint sie uns als Fachwerkbau, ohne gleich den Eindruck einer Kirche zu erwecken. Als wir den Vorraum betreten, beginnen wir, etwas von ihrer Größe zu ahnen. Links befindet sich ein Verkaufsstand, an dem man Postkarten, Informationsbroschüren und andere Souvenirs kaufen kann. Auf der rechten Seite stehen genügend Stühle für wartende Reisegruppen. Wir setzen uns. Herr Galitzky begrüßt einen Mann mittleren Alters. Er trägt einen Straßenanzug. Seine Gesten sind lebhaft und bestimmt. Die Begrüßung der Beiden wirkt außerordentlich freundschaftlich. Sie wechseln ein paar Sätze auf polnisch miteinander.

Dann wenden sie sich uns zu, und Herr Galitzky stellt den Pfarrer vor. Dieser ergreift sofort das Wort: „Bitte bleiben Sie sitzen! Wir müssen warten, bis die andere Gruppe herauskommt. Erholen Sie sich! Dann werden Sie die Kirche mit ausgeruhten Augen sehen." Wir genießen noch einen Augenblick der Stille. Dann öffnet sich die Tür und eine Klasse polnischer Schüler stürmt durch den Vorraum ins Freie. Nun sind wir an der Reihe und betreten nacheinander den Kirchenraum. Staunend gehen wir bis zur Mitte, wo uns Herr Galitzky und der Pfarrer erwarten. „Unsere Friedenskirche hat den Grundriß einer Kreuzbasilika," beginnt der Pfarrer. Das Langhaus ist dreischif- fig und wird hier, wo wir stehen, von einem ebenfalls dreischiffigen Querhaus gekreuzt. Kannst Du Dir das vorstellen?" fragt er Thomas, der ihn verständnislos ansieht. - „Nein." - „Das lange Teil der Kirche hat in der Mitte einen hohen Raum," zeigt der Pfarrer mit weit aus- holender Geste, „rechts und links davon sind die Räume niedriger und durch Säulen von dem Raum in der Mitte getrennt. Das nennt man dreischiffig." - „Aha," nickt Thomas. - „Das Querhaus hat auch drei Schiffe. Hinzu kommen zwei Emporenstockwerke. So ist Platz für 7500 Gläubige, allerdings sind davon 4500 Stehplätze. Später - so um 1800 - wurden viele Logen für den protestantischen Adel dazu gebaut. Sie können sie zwischen den Stockwerken der Emporen sehen. Stellen Sie sich vor, wieviele Menschen hier im Gottesdienst waren: Kaufleute, Gelehrte, Handwerker, Schüler, Bürger und Adli- ge! Ich wäre froh,wenn ich so eine große Gemeinde hätte." Das glauben wir ihm gern.

„Vorne sehen Sie den Altar," fährt der Pfarrer fort, „er wurde zum 1oo-jährigen Jubiläum der Kirche gemacht. Gebaut hat ihn ein Kunsttischler aus Dresden. Von ihm stammt auch die Kanzel, die er aber schon 20 Jahre früher vollendete. Der Altar wird gekrönt von einer kleinen Orgel. Sie wurde 1695 gebaut und ist sehr kostbar. Heute hat sie wieder ihren alten Klang, nachdem sie von deut- schen Orgelbauern und polnischen Restauratoren repariert wur- de." „Weshalb brauchte man eine zweite Orgel? War die große auf der gegenüberliegenden Seite des Altars nicht ausreichend?" fragt die pensionierte Studienrätin. - „Ja, das ist eine gute Frage.

Bei der großen Orgel ging in der damaligen Zeit öfter etwas kaputt Dadurch wurde der Gesang der Gemeinde gestört. Deshalb hat man die kleine Orgel gebaut, sozusagen als Reserve; aber sie klingt wundervoll." Er wendet sich um: „Und nun sehen Sie, wie reich unsere Kirche geschmückt ist! Ich kann nur Beispiele zeigen." Er blickt nach oben: „An der Decke sind die Heilige Dreifaltigkeit, außerdem der Fall von Babylon, das Jüngste Gericht und das himmlische Jerusalem dargestellt. Auf den Brüstungen der Emporen befinden sich Bibelverse in Schmuckumrahmungen. Sie können Spruchtafeln entdecken, Zunftbilder und Wappenschilder. Man braucht viel Zeit, um das alles anzuschauen. Und man braucht viel Geld, um die Kirche zu erhalten. Die erste Restaurierung erfolgte von 1956-58. Die Deckenmalerei mit der Heiligen Dreifaltigkeit wurde von 1973-75 erneuert. Vor einigen Jahren hat man herausgefunden, daß die Bausubstanz der Kirche stark gefährdet ist. Meine Kirchengemeinde ist klein, nur 80 Mitglieder, mit Predigtstellen außerhalb von Schweidnitz etwa 130. Wir können das nicht bezahlen. Es ist nicht leicht für die polnische Evangelisch-Augsburgische Gemeinde. In Polen gibt es Leute, die sagen: Wenn jemand katholisch ist, ist er Pole. Wenn evangelisch, ist er deutsch. Die Römisch-katholische Kirche ist mächtig und möchte alle regieren, verstehen Sie ? - Wir haben auch eine kleine evangelische deutsche Gemeinde, ungefähr 250 Gläubige, Schlesier, die hier geblieben sind, meist alte Leute. Sie feiern zweimal im Monat Gottesdienst in deutsch nach der schlesischen Liturgie. Das ist für sie auch ein Treffen, um mit Freunden und Bekannten zu reden."

Die Kirchentür öffnet sich, ein Herr schaut herein, hebt den linken Arm und zeigt auf seine Uhr. Der Pfarrer nickt: „Ja, ich habe schon zu lange erzählt. Die nächste Gruppe möchte die Kirche sehen. Wir können draußen weitersprechen." Bevor wir die Kirche verlassen, drehen wir uns noch einmal um. Die barocke Schönheit dieses Raumes ist überwältigend.

Draußen angelangt erklärt uns der Pfarrer, daß sich auf dem Friedhof zahlreiche alte Grabmale mit deutschen Inschriften befinden. Sie sind jedoch von Gras überwuchert und kaum zu entziffern. „Auch da gibt es viel zu tun,“ sagt der Pfarrer und ist damit wieder bei dem Thema, das ihm am Herzen liegt, der Restauration: „Seit 1992 gibt es ein Modellprojekt für unsere Kirche. Polnische und deutsche Fachleute sind an der Restaurierung des Fachwerks und der Innenausstattung beteiligt. Vor Beginn der Arbeiten wurde eine Schadensanalyse gemacht. Da kommt ein deutscher Bauleiter! Der kann uns sagen, was hier kaputt ist.“

Der Pfarrer bittet einen vorbeigehenden Mann um die vierzig, uns ein paar Informationen über die Schäden an der Kirche zu geben. Etwas verlegen bleibt der Mann stehen, besinnt sich und teilt uns mit: „Ja, hier im Außenbereich ist die Schwelle teilweise stark verfault. So kann Feuchtigkeit unmittelbar in die Ständerfußpunkte, also in das Hirnholz eindringen und sie noch mehr schädigen. Ein weiteres Problem sind lokale Schäden. Wenn sie eine Tiefe von einem Drittel, der Hälfte oder noch mehr erreichen, wird eine Auswechslung der Hölzer notwendig. Hinzu kommt, daß wir an einigen Stellen lebenden Befall haben, z.B. den Hausschwamm. Auch dann müssen wir die Hölzer durch neue ersetzen. Das betrifft ungefähr 20-25% in den Außenwänden.“ Der Mann macht eine Pause und holt tief Luft. - „Alles klar ?“ fragt uns der Pfarrer. Wir nicken beeindruckt. Er bedankt sich bei dem Mann, der schnell davongeht.

„Das Modellprojekt,“ ergreift der Pfarrer wieder das Wort, „wird auf etwa 20 Millionen DM veranschlagt. Dabei wirken viele Stellen zusammen, z.B. die evangelische Kirchengemeinde Schweidnitz, die Universität Thorn, das Bundesministerium für Forschung und Technologie und das deutsche Zentrum für Handwerk und Denkmalspflege. Finanzielle Unterstützung kommt auch von der Deutschen Bundesstiftung für Umweltschutz und der Stiftung für Deutsch-Polnische Zusammenarbeit.“

Jetzt greift Herr Galitzky in das Gespräch ein: „Sie müssen wissen, Polen und Deutsche arbeiten hier zusammen und sind dabei aufeinander angewiesen. Dabei wird ein Austausch des Fachwissens in beiden Ländern möglich. In der Fachwerkkonstruktion sind die Deutschen die Experten. Die Restauration wird von den Polen besonders gut beherrscht. Das Ergebnis ihrer Zusammenarbeit wurde von der Fachwelt bisher als hervorragend beurteilt. Aber noch wichtiger ist für mich, daß Polen und Deutsche sich besser kennen- und verstehen lernen und ihre Arbeit als Erhalt des gemeinsamen europäischen Kulturerbes betrachten."

Es wird Zeit zu gehen. Langsam verlassen wir den Friedhof. Eine kleine alte Frau kommt uns entgegen. Auf dem Kopf hat sie nur wenig schütteres Haar. Ihr Gesicht ist runzlig. Tiefliegende Augen, eine lange Nase und nur noch zwei obere Schneidezähne verleihen ihrem Kopf ein vogelähnliches Aussehen. Sie trägt eine geblümte Kittelschürze, eine weiße Strickjacke und Filzhausschuhe.„Sind Sie aus Deutschland ?" fragt sie uns. Als wir bejahen, strahlt sie: „Ja, Sie sind aus Deutschland!" Einige von uns wollen ihr Geld geben; aber sie wehrt ab : „Nein, nein, ich brauche nichts! Mir geht es gut. Mein Sohn schickt mir Pakete. Hier, diese Jacke, sie ist von ihm. Ist sie nicht schön?" Wir bewundern ihre Jacke. Sie ist wirklich schön. Dann fragt sie uns: „Sind Sie aus Bochum?" -Wir verneinen. -„Mein Sohn lebt in Bochum,"fügt sie hinzu. - „Ah ja." - Wir sind etwas verlegen. „Sie sind doch aus Deutschland?" - „Ja." - „Aber nicht aus Bochum?" - „Nein." - „Schade," sagt sie und geht weg.

Eine Stunde später erreichen wir unser Hotel in Wroclaw. „Gehen Sie bitte gleich zum Abendessen," fordert man uns auf. Im Speisesaal sehen wir an einem Tisch die Frau aus Zobten und ihren Mann. Sie hat rotverweinte Augen, und er versucht vergebens, sie zu trösten. „Der Tag war schlimm für meine Frau," erzählt er uns. „Sie wollte mir das Haus ihrer Kindheit zeigen. Wir haben es schnell gefunden. Sie hat geklingelt. Eine Polin kam an die Tür. Meine Frau sagte ihren Mädchennamen und daß sie hier gewohnt hat. Die Polin sah sie an: „Deutsch ? Nein!" rief sie und schloß die Tür."

Herr Galitzky bemüht sich um die Frau aus Zobten. Er versucht, das Verhalten der Polin zu erklären. Vielleicht hat sie im Krieg schlimme Erfahrungen gemacht und ist mißtrauisch. Oder sie versteht die deutsche Sprache nicht. Er bleibt so lange sitzen, bis die Frau aus Zobten lächelt.

Inge, Julia und ich gehen nach dem Essen in die Bar. Wir trinken einen 'wodka wyborowa' und lassen die Ereignisse des Tages an uns vorüberziehen.

Auf der Dominsel

Am nächsten Morgen ist der Himmel dunkelgrau. Ein kräftiger Wind treibt dicke Wolken über uns hinweg zum Riesengebirge hin. Herr Galitzky empfiehlt uns warme Kleidung: „In den Bergen soll es Schnee geben." Um 9⁰⁰ Uhr fährt Steven, der den Bus vorgeheizt hat, vor die Eingangstür des Hotels. Wir beeilen uns beim Einsteigen und freuen uns über die Wärme, die uns empfängt. Dann fahren wir durch nun vertraute Straßen zur Dominsel. Steven findet neben der Kreuzkirche eine Parklücke. Bevor wir aussteigen, gibt uns Herr Galitzky bekannt: „Unsere Führung heute vormittag wird zwei bis drei Stunden dauern. Anschließend haben Sie Zeit für eigene Unternehmungen. Wer von Ihnen möchte nachher mit dem Bus zum Hotel zurückfahren?" - Niemand meldet sich. „Das ist gut. Dann hat Steven jetzt frei und kann sich für die Rückfahrt morgen ausruhen."

Wir versammeln uns an der barocken Statue des heiligen Nepomuk vor der Kreuzkirche. Ich sehe zu ihm auf wie in meinen Kindertagen und stelle fest, daß er unverändert schwarz ist. Dann wende ich mich um. Von hier waren es nur wenige Minuten bis zu dem Haus, in dem wir bis 1943 gewohnt haben. Sehen kann ich es nicht. Ob ich es finden werde? - Der Wind pfeift uns unbarmherzig an. Wir stellen die Jackenkragen hoch.

„Die Wiege Breslaus stand auf der Dominsel," beginnt Herr Galitzky. „Archäologen haben hier die Überreste einer Fürstenburg und einer Siedlung aus dem 10. Jahrhundert freigelegt. Heute ist sie keine Insel mehr. Anfang des 19. Jahrhunderts wurde ein Oderarm zugeschüttet, so daß nur ein Teil vom Wasser umgeben ist. Der Name Dominsel bleibt ihr jedoch aufgrund ihrer Geschichte erhalten." -

„Über die Kreuzkirche, vor der wir jetzt stehen, haben wir schon bei der Stadtrundfahrt gesprochen," erinnert Herr Galitzky. „Sie ist die älteste gotische Hallenkirche von Breslau. Ihr Turm ist 69 Meter hoch. Das Besondere an ihr ist, daß sich unter dem Kirchenraum, zu dem die Treppe hinter der Nepomuksäule hinaufführt, eine Unterkirche befindet."

Wir laufen die Domstraße entlang. Sie führt uns an frühbarocken Domherrenhäusern vorbei, die renoviert wurden und mit ihren hellen Farben der Straße ein fröhliches Aussehen verleihen. Beim Fürstbischöflichen Palais bleiben wir stehen. Herr Galitzky teilt uns mit, daß es 1795 errichtet wurde.- „Und nun betrachten Sie die Türme des Doms, der vor uns steht," fordert er uns auf, „1992 haben sie neue Spitzhauben erhalten. Sie sind dem gotischen Stil nachempfunden und erreichen die Höhe von 96 Metern. In dem linken Turm von hier aus gesehen befindet sich ein Lift. Man kann hinauffahren und hat einen herrlichen Rundblick über die Stadt. Heute ist das freilich nicht zu empfehlen."

Wir gehen weiter bis zu der barocken Marienstatue vor dem Dom. Auch an sie kann ich mich erinnern. Damals war sie schwarz wie Nepomuk vor der Kreuzkirche. Heute ist sie gereinigt und begrüßt samt Jesuskind die Besucher mit einem milden Lächeln. Mein Blick richtet sich rechts am Dom vorbei auf ein zweistöckiges Haus. Im unteren Stockwerk war mein Kindergarten. Auf dem Weg dorthin zeigte mir meine Mutter nicht nur einmal das Innere der Kreuzkirche und des Doms. Die Kreuzkirche gefiel mir, weil sie hell und freundlich war. Den Dom mochte ich nicht, er war mir zu dunkel. Wie werde ich heute empfinden?

An der Marienstatue begrüßt Herr Galitzky Olga. Sie ist eine hübsche, rundliche und lebhafte Polin, spricht mit Akzent, aber gut deutsch. Sie hat Kunstgeschichte studiert und wird uns den Dom zeigen. „Kommen Sie in die Vorhalle der Kathedrale! Dort sind wir besser vor dem Wind geschützt," schlägt sie vor. Wir folgen ihr gern.

Was nun folgt, ist eine der eindrucksvollsten Führungen, an die ich mich erinnern kann, und in der Darstellung so umfassend wie mein Kunst-Reiseführer. Dabei schildert Olga jedes Detail so liebevoll, als wäre der Dom ihr eigenes Haus, das sie nach ihren Wünschen gebaut und eingerichtet hat.

So erfahren wir von der Entstehung der Kathedrale im Jahr 1155 und erkennen am Portal noch deutlich romanische Elemente. Sie schildert uns den Bau der späteren frühgotischen dreischiffigen Basilika, deren Inneres im 18. Jahrhundert - zu ihrem Leidwesen, wie sie sagt - stark barockisiert wurde. Die Verwendung des Doms im 2.Weltkrieg als Munitionslager ist für ihr Kunstempfinden unvorstellbar. Seine Zerstörung zu 70% ein verhängnisvolles Ereignis: „Zum Glück gibt es Persönlichkeiten wie Professor Bukowski! Er und sein Team im Fachbereich Baugeschichte an der Technischen Hochschule in Wroclaw haben sich bemüht, das gotische Raumbild wieder herzustellen. Doch sehen Sie selbst." Olga hält uns die Tür auf. Wir gehen hinein.

Mein Eindruck aus den Kindertagen bestätigt sich. Der Kirchenraum wirkt dunkel. Die Augen müssen sich an das gedämpfte Licht gewöhnen. Vorn über dem Altar sehe ich ein Kirchenfenster in warmen Farbtönen. Von der Orgel ist Musik zu hören. Jemand übt mehrfach eine schwierige Passage. Olga ist nach vorn gegangen und hat Licht gemacht. Der Altarraum ist nun hell erleuchtet. Die Orgelmusik verstummt.

„Der ursprünglich fünfflügelige Hochaltar mit den kostbaren Silbertreibarbeiten des Breslauer Goldschmieds Paul Nitsch existiert nicht mehr," bedauert Olga. „Nur die Seitenaltäre wurden gefunden. Sie können sie gegenüber im Diözesanmuseum besichtigen. Heute sehen Sie hier einen holzgeschnitzten gotischen Altar. Er wurde nach dem Krieg von der Stadt Lüben hergebracht." - Sie berührt sanft die Armlehne eines Stuhls, der zu dem erhaltenen barocken Chorgestühl gehört und weist mit großer Geste auf die ebenfalls der Vernichtung entgangene Kanzel aus graublauem Marmor hin.

Dann stellt sie uns die vergoldete Statue des St. Hieronymus aus dem Jahr 1727 vor und bittet um unsere besondere Aufmerksamkeit für die Fenster des Chors: „Ein Krakauer Künstler mit Namen Tadeusz Wojciechowski hat sie geschaffen. Er wurde von vielen Bürgern dieser Stadt unterstützt." Schließlich wendet sie sich um und schaut hinauf zur größten Orgel von Polen, die sich früher in der Jahrhunderthalle befand, wie sie uns mitteilt: „Wir haben den Organisten beim Üben unterbrochen. Ich will ihn fragen, ob er uns ein Musikstück spielt." Sie ruft dem Organisten in polnischer Sprache etwas zu. Nach einer Pause antwortet er. Olga bittet uns, Platz zu nehmen und löscht das Licht im Altarraum: "Er spielt uns Toccata in g-moll von Johann Pachelbel. Das war ein Meister der Orgel im 17. Jahrhundert." Die Musik ist so erfrischend lebendig wie Olga, und der Organist zeigt uns, daß er das riesige Instrument beherrscht.

Auf dem Weg zu den drei Kapellenanbauten macht Olga uns auf ein Portal aufmerksam, dessen Rahmung zu den frühesten Renaissancewerken in Schlesien gehört. Mit Schaudern sehen wir auf dem Bogenrelief über dem Tor die Enthauptung Johannes des Täufers dargestellt. - „Und nun zeige ich Ihnen künstlerische Meisterleistungen von Wroclaw." Wir bewundern das gotische Gewölbe der Marienkapelle. Anschließend in der mit graublauem Marmor ausgestatteten Kurfürstenkapelle schwärmt Olga: "Ich möchte Sie besonders auf die dominierende Ellipsenform hinweisen, die das Rechteck des Grundrisses aufhebt und den Eindruck eines Zentralraumes entstehen läßt." Wir können ihr nicht ganz folgen, aber die harmonische Schönheit des Raumes nimmt uns gefangen.- Höhepunkt ist die St. Elisabethkapelle: „Sie wurde überwiegend von italienischen Künstlern geschaffen. Sehen Sie den Altar von 1700 ! Seine marmornen Gestalten wirken schwerelos." - Dann teilt sie uns mit: „Diese Kapelle ist durch den Brand von 1945 zum Teil zerstört gewesen. Man hat die Schäden 1951 behoben. Von 1982 - 1988 wurde sie grundlegend renoviert. Sie werden zugeben: Heute sieht sie aus wie neu."

Wir verlassen die Kirche. Zu dem kalten Wind hat sich ein Schneeregen gesellt. Der Aufenthalt im Freien wird dadurch noch unge-
mütlicher. Wir spannen Regenschirme auf und stemmen sie gegen
den Wind. Olga verabschiedet sich überschwenglich und eilt davon. Auch wir setzen unseren Weg auf der Dominsel mit schnellen
Schritten fort.

Ich werfe einen Blick auf das Klößeltor, das ich als Kind bestaunt
habe. Es hat seinen Namen wegen der Steinkugel, die auf der Mitte des Torbogens liegt. Herr Galitzky zeigt uns das Diözesanmuseum
und weist auf seine Bedeutung hin. Daraufhin verabschieden sich
einige Teilnehmer, um es zu besuchen und fliehen ins Trockne. Die
Straße macht einen Bogen und führt uns am Botanischen Garten
entlang, bis wir rechter Hand die alte Martinskirche sehen. Auf dem
Platz davor steht ein Denkmal von Papst Johannes XXIII. Kurz darauf
sind wir wieder bei der Kreuzkirche und der Nepomukstatue angelangt. Hier bleibt Herr Galitzky stehen: "Heute abend werde ich im
Hotel sein. Ich würde mich freuen, bei einem Glas Wein mit Ihnen
über Ihre Eindrücke bei uns in Polen zu sprechen. Morgen werde
ich mit Ihnen bis zur Grenze fahren. Das tun unsere Reiseleiter ge-
wöhnlich nicht, aber ich pflege meine Gäste immer bis zur Haustür
zu begleiten." Dann wünscht er uns einen erlebnisreichen Nachmittag. Unsere Gruppe löst sich auf.

Vorderbleiche Wyspa Slodowa 

„Und nun ?"fragt Inge und tritt von einem Fuß auf den anderen, um sich warm zu halten. „Ich möchte unser früheres Wohnhaus finden. Es muß ganz in der Nähe sein." - Julia sieht mich erstaunt an: „Ich denke, Du warst gestern in Eurem Haus im Riesengebirge. Habt Ihr hier noch eins gehabt ?" Ich denke einen Augenblick nach. Dann erkläre ich ihr: „Zur Zeit meiner Großeltern sind die Menschen nicht so viel gereist wie heute. Wenn sie wohlhabend waren, hatten sie eine Wohnung in der Stadt zur Miete und verbrachten dort den Winter. Im Sommer fuhren sie in ihr Haus im Riesengebirge. Meine Eltern haben diese Tradition fortgesetzt." Ich sehe Julia an, daß sie sich das kaum vorstellen kann. Deshalb schlage ich vor: „Sucht Euch doch irgendwo ein warmes Plätzchen. Ich finde mich schon allein zurecht." Aber das wollen beide nicht: „Wir kommen mit." - „Ich möchte nur einen Blick in die Kreuzkirche werfen," sage ich und folge einem Mann, der gerade hineingeht. Die Kirche ist voll. Für mich sieht es nach einer Feier aus. Ich bleibe einen Augenblick an der Tür stehen und finde auch hier meine Kindheitserinnerung bestätigt. Der Kirchenraum ist hell. - Dann mache ich mich mit Inge und Julia auf die Suche nach der Vorderbleiche 7.

„Wir müssen zunächst eine Brücke und Straßenbahnschienen überqueren," sage ich. „Also gut, nehmen wir die da," schlägt Inge vor und zeigt auf die Dombrücke. Wir gehen hinüber. Tatsächlich, da fährt eine Straßenbahn. „Vor unserem Wohnhaus kommt noch eine weitere Brücke." - Wir sehen nach rechts und nach links, können aber keine entdecken. „Wie alt warst Du denn, als Ihr hier weggezogen seid?" fragt Julia. - „Sechs Jahre." - „Aha." Julia lächelt verständnisvoll.

Wir gehen zurück zur Kreuzkirche, laufen links an ihr vorbei bis zu der Straße, die zur Martinskirche führt. „Wollen wir's mit dieser Richtung versuchen," fragt Inge. - „Okay." - Zum Glück hat der Schneeregen aufgehört, aber der Wind zerzaust uns die Haare und sorgt dafür, daß wir uns beeilen. Am Denkmal von Papst Johannes XXIII. bleiben wir stehen. Ich schaue nach allen Seiten und bin ratlos: „Diese Gegend kommt mir völlig fremd vor. Hier kann es nicht sein." Wieder kehren wir um. „Vielleicht steht das Haus gar nicht mehr," vermutet Inge. „Olga hat gesagt, der Dom war zu 70% zerstört. Wer weiß, was hier noch alles kaputt war?" - „Das Haus steht," sage ich. „Meine Mutter ist nach Kriegsende noch einmal in der Wohnung gewesen. Nur der Balkon war herabgestürzt."

Ich sehe, daß Inge und Julia frieren. Bei mir überwiegt der Drang, die Vorderbleiche zu finden. Erneut frage ich: „Soll ich nicht ohne Euch weitersuchen ?" Sie bleiben standhaft: „Wir lassen Dich nicht allein." In meiner Unsicherheit tut ihr kameradschaftliches Verhalten gut und wird mir unvergeßlich bleiben.

Wir entschließen uns, noch ein zweites Mal über die Dombrücke zu gehen, wenden uns dann ein kleines Stück nach rechts, bis wir zu einer Straße kommen, die links abbiegt. Mein Blick fällt auf ein altes Lagerhaus: „Das kommt mir bekannt vor." - „Gut," freut sich Inge, „gehen wir da mal lang." Nach etwa 100 Metern erreichen wir eine Brücke. Wir laufen hinüber. Da erkenne ich ein fünfstöckiges, früher mal weißes Wohnhaus. Es ist deutlich zu sehen, daß einige Balkons erneuert worden sind, auch der unserer ehemaligen Wohnung im 3. Stock.

Ich zeige Inge und Julia die Fenster und sage ihnen, welche Räume sich dahinter befanden. „Bei Euch wohnen aber ordentliche Leute," meint Inge mit dem Hinweis auf die Hauswand, die so weiträumig wie möglich um Balkon und Fenster weiß gestrichen wurde. Außerdem ist der Balkon der einzige, auf dem Blumenkästen stehen.

Julia ist neugierig. „Komm, wir sehen nach, wie eure Nachmieter heißen." Wir gehen zur Haustür. Die Klingeln sind auf der linken Seite, aber auf den Schildern daneben stehen keine Namen. Sie sind lediglich von 1-10 numeriert. Ich schaue nach rechts, und mein Blick fällt auf das Hausnummernschild. Es muß noch aus der Vorkriegszeit stammen, ist aus Emaille und auf blauem Untergrund steht eine verschnörkelte Sieben.

Es fängt wieder an zu regnen. Eine Frau verläßt das Haus. Die Tür bleibt offen. Wir sehen uns an. „Los," drängt Inge, „wir gehen in den 3. Stock." Ich zögere: „Und was sagen wir, wenn uns jemand anhält ?" Aber die Beiden sind schon im Hausflur. Also folge ich. Zunächst sind wir im Dämmerlicht und können wenig erkennen. Eine breite Treppe führt etwa 10 Stufen hinauf zum Hochparterre. Rechts und links die ersten Wohnungstüren. Sie sind neu und viel kleiner als die alten. Man sieht es daran, daß sie rings herum ummauert, aber nicht verputzt wurden. Die Treppe wird jetzt schmaler. Die Holzstufen sind abgetreten. Von den Wänden im Hausflur ist alle Farbe gewichen. Sie sind grau bis schwarz. Am Treppenabsatz befindet sich ein Fenster. Der Holzrahmen wurde wohl seit dem Krieg nicht mehr gestrichen und ist halb verfault. Ich sehe hinunter auf den Hof und auf das anschließende flache Gebäude. Dort befand sich früher eine Sargtischlerei. Als Kinder sind wir auf den gestapelten Holzbrettern, die auf ihre Bearbeitung warteten, herumgeklettert und zogen uns jedes Mal den Zorn des Tischlers zu.

Wir gehen weiter in den 1. Stock. Hier sehen wir auf der rechten Seite noch eine alte, große, mit viel Glas umrahmte Wohnungstür, die einzige im Haus. Auf dem Treppenabsatz zum 2. Stock ist eine Hälfte des Fensters geöffnet und der Fußboden vom Regen naß. Wir überlegen, ob wir es schließen sollen, aber es sieht so verfallen aus, daß wir nicht wagen, es anzufassen. Als wir den 2. Stock erreicht haben, klopft mein Herz bis zum Hals, was ich nicht nur auf das Treppensteigen schieben kann. Bis jetzt haben wir keinen Menschen getroffen.

„Komm," ermuntert mich Inge, „gleich sind wir oben." In diesem Augenblick hören wir ein aufgeregtes Tschiepen. Eine Schwalbe kommt uns entgegengeflogen. Elegant nimmt sie die Kurve am Treppenabsatz, saust an uns vorbei und fliegt aus dem geöffneten Fenster ins Freie. „Die kennt sich hier aber gut aus," lacht Inge, und Julia vermutet: „Wahrscheinlich baut sie oben ein Nest." Während wir weitergehen, diskutieren Inge und Julia, ob es sich um eine Schwalbe oder einen Mauersegler gehandelt hat, können sich aber nicht einigen. Dafür entdeckt Julia im obersten Stockwerk den begonnenen Nestbau.

Wir sind im 3. Stockwerk angekommen. Auf der linken Seite die Tür zu unserer ehemaligen Wohnung. Auch sie wurde erneuert. Daneben sehe ich drei Klingeln. Eins von den dazugehörenden Namensschildern ist gut lesbar, die beiden anderen sind verblaßt und nicht mehr zu entziffern. „Haben hier mehrere Parteien gewohnt?" fragt Julia. „Zur damaligen Zeit nicht," antworte ich ihr und bin einigermaßen verwirrt. Dann schreibe ich mir den noch lesbaren Namen auf. „Weshalb tust du das?" will Inge wissen. - „Ich weiß nicht, einfach so." Langsam gehen wir die Treppen wieder hinunter. „Und was hast du jetzt für ein Gefühl?" erkundigt sich Julia. Ich überlege, wie oft ich wohl als Kind diese Treppen rauf- und runtergelaufen bin und sage: „Ich fühle mich wie in einem anderen Leben." - Wir verlassen das Haus. Außer der Schwalbe ist uns niemand begegnet.

Jetzt beschäftigt uns nur noch ein Gedanke: Ins Warme und ein heißes Getränk! Bei dem alten Lagerhaus wenden wir uns nach rechts in Richtung Altstadt. Wir kommen an der Sandkirche vorbei und sind bald an der Stelle, von der wir am Tag vorher den schönen Blick auf die Dominsel hatten. Wenige Minuten später finden wir hinter dem Universitätsgebäude ein kleines Café. Der heiße Kaffee ist stark und aromatisch wie bei Zenobia. Dazu essen wir eine Art Pfannkuchen und fühlen uns siegreich wie Eroberer.

Später im Hotel entdecke ich einen Stadtplan von Wroclaw und suche die Vorderbleiche. Sie heißt heute Wyspa Slodowa.

Über die Volksseelen

„Das Abendessen wird heute nicht im Speisesaal sondern in einem Nebenraum serviert." Herr Galitzky hat darum gebeten, damit wir ungestört miteinander reden können. Die Tische stehen in der Form eines Hufeisens. Unsere Tafel ist festlich gedeckt und mit Kerzen und Blumen geschmückt. Wir nehmen Platz.

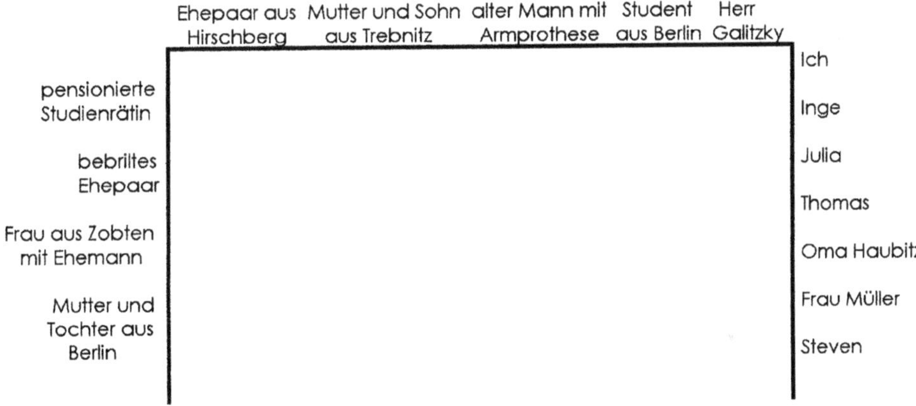

„Die beiden Freundinnen haben sich entschuldigt," teilt uns Herr Galitzky mit. „Der Wind hat sich gelegt, der Himmel ist klar. Sie haben deshalb beschlossen, durch das abendliche Breslau zu bummeln."

Unser Menü beginnt mit einer Gemüsesuppe. Als Hauptgericht bekommen wir Hähnchenschenkel, Salzkartoffeln und grünen Salat. Zum Nachtisch gibt es - wie am Vorabend - Vanilleeis.

Nachdem das Essen beendet, das Geschirr abgeräumt ist und wir mit Getränken versorgt sind, erhebt Herr Galitzky sein Glas: „Ich möchte mit Ihnen trinken auf das Wohl dieses Landes Schlesien!"

Es folgt eine Zusammenfassung und Interpretation der Reise aus der Sicht von Herrn Galitzky. Sein Eindruck von den Teilnehmern an der deutsch-polnischen Grenze, als er in den Bus einstieg: Müde vom frühen Aufstehen, zum Teil verschlafen; aber auch erwartungsvoll und neugierig. In einigen Augen seien ihm bange Blicke aufgefallen, Furcht vor Enttäuschung? „Einerseits wollte ich Ihnen noch etwas Ruhe gönnen, andererseits die Fahrt von der Grenze bis Breslau nutzen. Deshalb schien mir der Einstieg in die Geschichte unseres Landes sinnvoll. Dieses Thema ist für manche von Ihnen vielleicht mit der Vorstellung verbunden, daß es dabei hauptsächlich um Jahreszahlen, Herrschergeschlechter und Kriege geht. Deshalb kann ich verstehen, wenn einige von Ihnen abgeschaltet haben. Nur die eigene Geschichte interessiert uns wirklich. - Ich habe von meinem Vortrag Kopien für Sie anfertigen lassen. Wenn Sie nach den Erlebnissen der letzten drei Tage wissen möchten, was in den vergangenen Jahrhunderten in unserem Land geschah, können Sie es morgen auf der Rückfahrt lesen." Beifall von der Gruppe.

Die Stadtrundfahrt habe er als ein erstes Eintauchen der Teilnehmer in die eigene Vergangenheit empfunden. Für ihn - Herrn Galitzky - waren die Erzählungen aus früherer Zeit wichtig und erkenntnisreich.- „Die Fahrt ins Riesengebirge hat für die meisten von Ihnen ein Wiedersehen mit der heimatlichen Landschaft und die tröstliche Erkenntnis gebracht, daß sie unveränderlich ist. - Heute Vormittag auf der Dominsel wollte das Wetter leider nicht mitspielen. Ich hätte Ihnen Sonne und einen klaren Himmel gewünscht. Aber ich denke, daß Olga Sie mit ihrer enthusiastischen Führung im Dom entschädigt hat. Sie ist ein lebender Beweis für die Kunstbegeisterung, zu der meine Landsleute fähig sind. - Den Nachmittag haben Sie nach Ihren eigenen Wünschen gestaltet. Ich hoffe, daß Sie mir von Ihren Eindrücken berichten werden."

Herr Galitzky erhält lang anhaltenden Applaus für seine Ansprache. Es entsteht eine Pause. - Dann melden sich Mutter und Tochter aus Berlin zu Wort und beklagen, daß es heute abend zum zweiten Mal Vanilleeis gegeben hat. Thomas findet das gut:„Vanille ist mein Lieblingseis! Das könnte ich jeden Tag essen!"

Der Mann aus Hirschberg versucht zu schlichten: „Es recht zu machen jedermann ist eine Kunst, die niemand kann." Dann lobt er die gute Organisation der Reise und die Hilfsbereitschaft von Herrn Galitzky, „private Wünsche" zu erfüllen. - Erneuter Applaus. - Mutter und Tochter verabschieden sich versöhnlich: „Na ja, da ham Se recht, die Reise war janz juut." - Auch Oma Haubitz und Thomas gehen zu Bett: "Es war heute wieder ein langer Tag." - Steven und Frau Müller sammeln für das Hotelpersonal und besprechen den Ablauf der morgigen Rückfahrt nach Berlin.

Die Frau mit ihrem Sohn aus Trebnitz wendet sich an Herrn Galitzky. Sie erzählt von der Klosterkirche, in der ihr Sohn getauft wurde: „Als wir die Kirche betreten wollten, kam ein Junge von etwa fünf bis sechs Jahren gelaufen. Er stellte sich in den Eingang und sagte: „Vorsicht, Stufe!" Dabei sah er uns an und hielt die rechte Hand auf. Während wir durch die Kirche gingen, begleitete er uns und wiederholte seinen Spruch bei jeder Gelegenheit. Auch als wir wieder im Freien waren, verfolgte er uns bis zum Bürgersteig, wo wir ein letztes Mal sein „Vorsicht, Stufe !" hörten. Wir gaben ihm zwei Zloty. Dann lief er weg." - „Ja," lacht Herr Galitzky, „das ist eine Art von Überlebenstraining. Auch in Breslau können Sie Kinder beobachten, die versuchen, etwas Geld zu verdienen. In der Unterführung, die zum Rynek führt, sehe ich oft einen Jungen, nicht älter als acht Jahre. Er hat große traurige Augen und spielt Akkordeon. Ich kann nicht vorbeigehen, ohne ihm einen Zloty zu geben. - Haben Sie in Trebnitz Ihr Wohnhaus besucht?" - „Nein, es wurde in den letzten Kriegswochen zerstört. Ich war mit meinem Sohn bereits im Westen." - Inge meldet sich zu Wort: „Wie ist es zu erklären, daß Kirchen - wie zum Beispiel der Dom mit den Kapellenanbauten - in einem Zustand wie neu, aber die Wohnhäuser richtig vergammelt sind?"Der alte Mann mit der Armprothese nickt: Das sei ihm auch aufgefallen. Herr Galitzky erkundigt sich nach dem Haus, das wir besichtigt haben, und wir erzählen von der Wyspa Slodowa, der alten Hausnummer 7, den drei Klingeln an der Wohnungstür und der Schwalbe im Hausflur. „Für die drei Klingeln gibt es eine einfache Erklärung," sagt Herr Galitzky. „Nach dem Krieg herrschte in Breslau Wohnungsnot, zwei Drittel der Wohnfläche waren zerstört.

Erst in den sechziger Jahren entstanden moderne Wohnblocks - Wohnsilos, wie Sie sie auch im Westen kennen. Die Menschen, die aus den früheren Gebieten Ostpolens hierher umgesiedelt wurden, mußten anfangs zusammenrücken. So kam es, daß sich manchmal drei Familien eine Wohnung geteilt haben. Das war nicht leicht für sie, und so suchten sie ihre Identität in der Kirche. Dort fanden sie Heiligenbilder, die von Kirchenvertretern aus der alten Heimat mitgebracht worden waren." - „Stimmt es, daß sich in der Elisabethkirche ein Madonnenbild aus Wilna befindet ?" fragt die pensionierte Studienrätin. „Ja, das ist ein Beispiel,"bestätigt Herr Galitzky, „und so werden Sie verstehen, daß die Menschen, die ihr Heil dort bei ihren Bildern suchten, eine schöne Kirche haben wollten. Die Restaurierung erfolgte natürlich auch im Interesse der Politiker und der Künstler. Vor allem Restauratoren möchten Kunstwerke im alten Glanz wiederherstellen. Sie sind Idealisten und fühlen sich in erster Linie mit dem Kunstwerk verbunden. Ihm gilt ihr Geschichtsbewußtsein. Die Politiker hingegen wollen die Kunstwerke für ihre Zwecke nutzen. Sie sind an ihrer Pflege interessiert, um stolz auf sie zeigen zu können und Besucher anzulocken, die Devisen ins Land bringen. Verstehen Sie mich bitte nicht falsch, das ist wichtig für uns, damit wir Geld bekommen und hoffentlich auch bald unsere Wohnhäuser in Ordnung bringen können."

Inge schaut Herrn Galitzky ungläubig an. Deshalb fährt er fort und spricht von der ersten und zweiten Generation seiner umgesiedelten Landsleute. „Die erste Generation kam zwangsweise hierher. Diese Menschen haben ihre Wurzeln in einem anderen Land so wie die Wurzeln der meisten von Ihnen hier in Schlesien sind. Das hat Wunden aufgerissen, die nur langsam verheilen können. Die zweite Generation ist hier geboren. Sie betrachtet dieses Land als ihre Heimat."Ich denke an Zenobia und Miroslaw und an das, was ich durch sie erfahren habe. „Wir müssen lernen, mit der Geschichte zu leben," höre ich Herrn Galitzky sagen. Er berichtet von dem alten Breslauer Stadtwappen, das 1530 von Kaiser Ferdinand I. verliehen wurde. „Nach dem 2. Weltkrieg wurde durch die kommunistischen Stadtfunktionäre Breslau ein Wappen verordnet, das nur an die piastischen Herzöge des 11. und 12. Jahrhunderts erinnern sollte.

Erst seit 1990 hat Breslau wieder sein altes Wappen. Es ist an allen öffentlichen Gebäuden angebracht. Hat das jemand von Ihnen bemerkt ?" - „Stimmt," sagt der alte Mann mit der Armprothese, „ich habe es am Rathaus gesehen und mich gewundert, daß es mir so bekannt vorkam." - „Können Sie uns sagen, was darauf abgebildet ist ?" - Der alte Mann überlegt: "Ein Löwe, ein Adler, ein W... mehr fällt mir nicht mehr ein." Herr Galitzky kommt ihm zu Hilfe: "Es ist der <u>böhmische</u> Löwe, der <u>piastische</u> Adler, das <u>W</u> steht für den alten polonisierten lateinischen Namen Wratislawia. Außerdem enthält es das Bild des Apostels Johannes und in der Mitte den Kopf Johannes des Täufers. Am Beispiel des Breslauer Wappens wird deutlich: 45 Jahre wurde die Geschichte dieser Stadt von uns nur bedingt zugelassen. Jetzt erst sind wir bereit und fähig, mit ihr zu leben. Aber noch immer befinden wir uns in dem inneren Zwiespalt einer hochsensiblen Wachsamkeit und dem gleichzeitigen Bemühen, aufeinander zugehen zu wollen."

Die Kellnerin fragt, ob noch Getränke gewünscht werden. Herr Galitzky und ich bestellen ein zweites Glas Wein, Inge und Julia eine Flasche Wasser, der Student ein Glas Bier. Der alte Mann mit der Armprothese will zahlen. Die pensionierte Studienrätin fragt nach einer Tasse Kaffee. Die gibt es um diese Zeit nicht, also geht sie auch. Das bebrillte Ehepaar und die Frau aus Zobten mit ihrem Ehemann sind bereits verschwunden. Mutter und Sohn aus Trebnitz und das Hirschberger Ehepaar rücken näher zu uns heran.

Der Student greift das Thema wieder auf: „Ist die Wachsamkeit Ihres Volkes im Hinblick auf seine Grenzen nicht durch seine Geschichte zu erklären? Ich sehe Ihre selbstgebastelten Landkarten vor mir, die Sie im Bus aufgehängt hatten. Die unterschiedlichen Ausmaße Ihres Landes im Verlauf der Jahrhunderte bis hin zum Nichtmehrvorhandensein müssen ein Volk doch prägen und Überlebensstrategien entwickeln lassen." - „Das haben Sie treffend formuliert," freut sich Herr Galitzky, „Sie beziehen das Nichtmehrvorhandensein auf das Land, nicht auf das polnische Volk." - „Wie würden Sie erklären, daß die polnische Nation trotz der Aufteilung im 18. Jahrhundert nicht unterging ?" fragt der Student weiter. -

„Unter Nation verstehe ich eine Lebensgemeinschaft von Menschen, die aufgrund einer gemeinsamen politisch-kulturellen Vergangenheit einen Staat gebildet haben. Diesen Staat gab es nicht mehr. Es existierten lediglich Volksgruppen, die als nationale Minderheiten in einem fremden Staat, z.B. in Frankreich, lebten. Nein, ich denke, es ist die Volksseele, die auf das Weiterleben eines Volkes Einfluß nimmt." - Der Student zuckt mit den Achseln: „Das ist mir zu hoch." - „Nehmen wir ein Beispiel:" Herr Galitzky wendet sich an Inge, Julia und mich: "Sie haben von der Schwalbe gesprochen, die Ihnen im Hausflur entgegengeflogen kam." - „Ich nehme an, daß es ein Mauersegler war," erklärt Julia. - „Ah, Sie kennen sich da aus ?" - Julia nimmt die Frage von Herrn Galitzky zum Anlaß fortzufahren: „Ja, Mauersegler sind größer und häufiger in Städten anzutreffen. Sie kommen Anfang Mai und bleiben exakt drei Monate. Ende Juli müssen die Jungen flügge sein und den weiten Weg in die südlichen Länder schaffen. Es gibt allerdings auch Mehlschwalben in den Großstädten. Sie sind kleiner als die Mauersegler und von Mitte April bis Mitte September hier." - „Eine gute Beschreibung," nimmt Herr Galitzky den Gesprächsfaden wieder auf. „Woher wissen die Schwalbe oder der Mauersegler, wann sie kommen und wieder aufbrechen müssen?" - „Durch den Instinkt, wie alle Zugvögel." -„So nennen wir eine angeborene Verhaltensweise. Was wir sehen können, ist jedoch nicht der Instinkt, sondern das, was er bewirkt. Instinkt ist ein abstrakter Begriff, der nur in unseren Köpfen existiert. „Weshalb aber," fährt Herr Galitzky fort, „bleiben Mauersegler drei Monate und Mehlschwalben doppelt so lange ?" - „Die Instinkte sind bei den Tieren unterschiedlich ausgebildet." - „Das denken die meisten von uns. Ich sehe das so: Jede Tierart wird von einem geistigen Wesen geleitet. Deshalb gelten für die Schwalbe andere 'Gesetze' als für den Mauersegler." - „Was hat das mit der Volksseele zu tun ?" fragt der Student ungeduldig. „Wenn Sie das, was ich eben dargestellt habe, akzeptieren können,"antwortet Herr Galitzky, „gibt es insofern eine Beziehung als auch für ein Volk ein geistiges Wesen auf sein Leben und seine Entwicklung Einfluß nimmt. Wir sprechen ja vom Volks<u>geist</u>. Nur müssen wir das anders und differenzierter sehen als bei der Schwalbe."

„Ein interessanter Gedanke," bemerkt der Student, „hängt es damit zusammen, daß die Menschen eines Volkes denken können?" - „Richtig, aber nicht nur. Die Sprache gehört dazu und das, was wir als die Ausstrahlung eines Volkes, sein Temperament kennen. Sie wissen, wie leicht wir geneigt sind zu sagen: Die Italiener oder die Russen! Damit meinen wir Merkmale oder Verhaltensweisen, die wir bei einem Volk als typisch festgestellt haben." - Der Student kommt wieder auf das Nichtmehrvorhandensein Polens zurück: „Ich gehe aber mit Sicherheit davon aus, daß das polnische Volk vor der Teilung eine andere Ausstrahlung hatte als heute." - „Zweifelsfrei," bestätigt Herr Galitzky, „das Denken war damals ein anderes. Es ist der Zeitgeist, der den Fortschritt des Menschen mitbestimmt. Wichtige Entdeckungen wie die von Amerika oder Erfindungen wie das Fernrohr waren den Menschen durch den Zeitgeist, der damals wirkte, möglich. Das hat natürlich Auswirkungen auf die Entwicklung der Sprache und das Volksempfinden gehabt. Unser heutiges Zeitalter hat eine andere Art des Denkens, andere Sprachinhalte, veränderte Empfindungen und einen anderen Zeitgeist. Dennoch sind wir nach wie vor Polen und sprechen polnisch so wie Sie Deutsche sind und deutsch sprechen. Unsere Volksseele haben wir behalten." - Die Gedanken von Herrn Galitzky faszinieren mich, aber ich bin noch nicht überzeugt. Deshalb schalte ich mich in das Gespräch ein: „Kann man die Grenze für eine Volksseele oder einen Volksgeist so genau ziehen? Ich denke an Ihre Darstellung der Geschichte von Schlesien. Gerade hier hat ein ständiger Wechsel der Landesherren und damit eine Vermischung von Volksgruppen aus Polen, Österreich und Deutschland stattgefunden. Wo finde ich da meinen Volksgeist?" Herr Galitzky lächelt: „So wie Ihnen geht es mir auch. Durch die Teilung von Polen 1795 sind Einflüsse von Rußland, Österreich und Deutschland gekommen. Da ist es nicht leicht, die eigene Identität zu wahren. Aber zu Ihrer Frage: Natürlich gibt es für einen Volksgeist, der ja ein geistiges Wesen ist, keine Grenzen in unserem Sinne. Sehr deutlich wird dies am Beispiel von Oberschlesien, wo deutsche und polnische Kultur geradezu miteinander verwoben waren. Deshalb fiel die Entscheidung nach dem 1. Weltkrieg, zu welchem Staat Oberschlesien gehören soll, so schwer und hat - wie Sie wissen - für beide Völker schlimme Folgen gehabt."

Ich denke an meine eigene Geschichte, an die von Zenobia und damit an die Vertreibung von Millionen von Menschen: „Und wie hat sich die Völkerverschiebung von Polen und Deutschen nach dem 2.Weltkrieg ausgewirkt?" frage ich deshalb. - „Auf unsere Volksseelen oder auf die betroffenen Menschen ?" - „Auf beide," möchte ich wissen. „Fangen wir mit den Menschen an," entscheidet Herr Galitzky, „sie lassen sich leichter durchschauen." Einen Augenblick denkt er nach, dann fährt er fort: „Ein Mensch, der heimatlos wird, also losgelöst von seinem Volkstum und seinem Heimatboden lebt, wird in die Lage versetzt, Geschehnisse in seiner Umgebung in einem größeren Zusammenhang zu sehen. Es gibt eine Redewendung bei Ihnen: 'Über den Topfrand gucken.' Beim heimatlosen Menschen geht es noch weiter; er sieht nicht nur über den Rand, er muß den Topf verlassen und sich neu orientieren. Dadurch ist er einerseits frei für Erkenntnisse, die er sonst nicht haben könnte, andererseits kann er ein neues Gefühl für Heimat in seinem geistigen Innern entwickeln." - Ich bin überrascht,wie positiv Herr Galitzky das beurteilt. - „Und nun zu den Volksseelen: In einem Land, das von seinem Volk verlassen wurde, um einem anderen Volk Platz zu machen, entsteht allmählich eine andere Atmosphäre. Ich meine nicht die Landschaft. Sie ist - wie Sie gesehen haben - unverändert. Ich denke auch nicht an die Sprache, die heute hier gesprochen wird. Diese Atmosphäre ist etwas, was Sie weder sehen noch hören können. Sie ist sozusagen ein Fluidum. Dabei fließt Altes und Neues zusammen." - „Ja," stimme ich zu, „während unseres Aufenthaltes hatte ich immer wieder ein Gefühl der Vertrautheit und gleichzeitig das Empfinden, fremd zu sein. Ich dachte zuerst, es liegt an der Sprache und den fremden Menschen oder daran, daß ich seit 50 Jahren nicht hier war; aber das allein ist es nicht." - „Sehen Sie, das ist die Veränderung der Atmosphäre, die ich meine. Sie hat natürlich Auswirkungen darauf, wie unsere Volksseele auf uns wirkt."

Der Student hat seit einiger Zeit mit gerunzelter Stirn zugehört. Man sieht ihm an, daß er die Gedanken von Herrn Galitzky nicht nachvollziehen kann. Er rutscht ungeduldig auf seinem Stuhl hin und her und versucht nun, dem Gespräch eine neue Wendung zu geben:

„Mich interessiert, wie Sie die Zukunft Ihres Volkes im Zusammenhang mit der Europäischen Gemeinschaft sehen. Da gibt es sicher
noch viel zu tun?" - „Ah ja, Europa!" Herr Galitzky trinkt einen
Schluck Wein. Dann wendet er sich dem Studenten zu: „Ich glaube, daß jedes Volk aufgrund seiner Fähigkeiten in Europa eine besondere Aufgabe hat, auch wir Polen. Wenn es gelingt, Europa
nicht nur wirtschaftlich zusammenzuführen, sondern ein gesamteu-
ropäisches Zusammenwirken der Kulturen und des Geisteslebens zu
erreichen, dann werden wir fortschrittllich sein." - „Und wie stellen
Sie sich dieses Zusammenwirken konkret vor ?" - „Das haben Sie am
Beispiel der Friedenskirche in Schweidnitz gesehen," entgegnet ihm
Herr Galitzky. „Eine besondere Begabung meiner Landsleute ist die
Restauration alter Kunstwerke. Sie in Deutschland haben Meister in
der Fachwerkkonstruktion. Das Ergebnis ihrer Zusammenarbeit ist als
Erhalt des gemeinsamen europäischen Kulturerbes zu sehen. Jedes
Volk in Europa hat besondere Fähigkeiten entwickelt. Wenn alle
sich fragen würden: Was können wir als Volk zum Gelingen der
Europäischen Gemeinschaft beitragen statt möglichst viele mate-
rielle Vorteile haben zu wollen, dann wäre es um Europa besser
bestellt."

„Möchten Sie noch etwas zu trinken?" Die Kellnerin steht vor uns.
Sie hat jetzt Feierabend. Herr Galitzky schaut auf die Uhr: „Gleich
Mitternacht! Da ist es Zeit, nach Hause zu gehen." Ich sehe mich
um. Außer Herrn Galitzky, dem Studenten und mir ist niemand mehr
da. Auch Inge und Julia sind gegangen. Wir zahlen, begleiten
Herrn Galitzky zum Ausgang des Hotels und wünschen ihm einen
guten Heimweg. Der Student möchte in der Bar noch ein Bier trinken. Ich fahre mit dem Fahrstuhl in den 7. Stock und schleiche so
leise wie möglich ins Zimmer.

Rückreise

Am Morgen scheint die Sonne und verbreitet Frühlingswärme. Nur ein paar kleine Wolkenfetzen erinnern an Sturm und Regen des Vortages. Steven hat den Bus vor dem Hoteleingang geparkt. Wir laden das Gepäck ein. „Abfahrt bitte pünktlich um 8³⁰ Uhr!" Nach dem Frühstück steigen wir ein und fahren Richtung Autobahn.

Im Bus ist es still. Nur einmal meldet sich Herr Galitzky zu Wort: „Auf der linken Seite sehen Sie jetzt das Gebäude des Breslauer Runkfunks. Es ist noch dasselbe wie vor dem Krieg." - Damals ging mein Vater hier ein und aus, heute Miroslaw. Wie hat er sich ausgedrückt? - „Ich setze Tradition fort." - Bei dem Gedanken habe ich ein gutes Gefühl und lehne mich zurück.

Bald haben wir Breslau verlassen und sind auf der holprigen Autobahn nach Berlin. Der Bus rattert wieder wie früher die Eisenbahn auf der Schiene. Die Teilnehmer führen nun leise Gespräche miteinander. Auch Inge und Julia unterhalten sich. Mir ist nicht nach reden zumute. Mein Kopf - oder mein Herz? - ist voll von Empfindungen, die ich nicht in Worte fassen kann.

Herr Galitzky holt einen Stapel Papier aus seiner Tasche und übergibt ihn an Thomas, der bereitwillig das Manuskript über die „Geschichte von Polen und Schlesien" an uns verteilt. Als er bei Inge angekommen ist, will sie wissen: „Sammelst Du für Herrn Galitzky das Trinkgeld, wenn Du mit dieser Arbeit fertig bist?" - „Da muß ich meine Oma fragen," antwortet Thomas, geht mit den restlichen Exemplaren nach vorn und gibt sie Herrn Galitzky. Dann beobachten wir, wie er sich einige Zeit im Flüsterton mit seiner Oma bespricht, wobei wir den Eindruck haben, daß Thomas einen eigenen Standpunkt vertritt und ihn hartnäckig verteidigt.

Schließlich gibt Oma Haubitz nach, dreht sich um und nickt uns zu. Dann holt sie eine Plastiktüte aus ihrer Tasche. Thomas nimmt sie in die linke Hand, in der rechten hat er bereits einen großen Briefumschlag. So ausgerüstet beginnt er seine Sammlung. Bald können wir erkennen, daß in den Umschlag Geld und in die Tüte Süßigkeiten wandern. Bis er bei uns in der letzten Reihe ankommt, haben Inge eine Schoko-Prinzenrolle, Julia eine Tafel Rittersportschokolade und ich ein Mars herausgekramt. Damit ist die Plastiktüte fast voll mit Süßigkeiten. „Die sind für die 12 Enkel von Herrn Galitzky. Ich habe meine Oma dazu überredet, für sie zu sammeln," teilt Thomas stolz mit und erntet unseren Beifall. Aber auch der Umschlag, dessen Inhalt für Herrn Gallitzky bestimmt ist, erscheint uns gut gefüllt. Thomas begibt sich wieder nach vorn und liefert alles bei seiner Oma ab.

Eine halbe Stunde später erreichen wir die polnisch-deutsche Grenze. Herr Galitzky verabschiedet sich: „Es hat mir viel Freude gemacht, Sie auf dieser Reise zu begleiten. Ich wünsche mir, daß Sie mit Ihrem Aufenthalt bei uns zufrieden waren. Denken Sie gern an Ihre alte Heimat, die unsere neue Heimat ist! Und besuchen Sie uns wieder, Sie sind herzlich willkommen!" - Während wir applaudieren, steht Oma Haubitz auf und übergibt Herrn Galitzky die Tüte und den Umschlag. Was sie zu ihm sagt, können wir nicht verstehen, aber er lacht und bedankt sich: „Meine Enkel werden staunen und fragen: War der Weihnachtsmann da?" Dann gibt er Frau Müller und Steven die Hand, winkt uns noch einmal zu, steigt aus und verschwindet zwischen parkenden Autos.

Steven fährt mit dem Bus bis zur Grenzkontrolle vor. Die Formalitäten sind schnell erledigt. Wir verlassen Polen. Wie auf der Hinfahrt legen wir in der Nähe von Cottbus eine Pause ein. Dann geht es zügig weiter, und am frühen Nachmittag sind wir in Berlin angekommen. Beim Aussteigen bedanken wir uns bei Steven und Frau Müller, indem wir das bereitstehende Körbchen mit Münzen und Scheinen füllen. Dann nehmen wir unser Gepäck in Empfang, sagen „Tschüß", und unsere vier Tage dauernde Gemeinschaft löst sich auf, als wäre nichts gewesen.

Einen Tag später fliege ich mit einer Maschine der Lufthansa nach Frankfurt. Ich sitze in der 6. Reihe links am Fenster, der Platz neben mir ist frei. Ich bin froh, für mich allein zu sein. Ab und zu Stimmen aus dem Lautsprecher über den Service an Bord, später das Wetter, Höhe des Fluges, voraussichtliche Ankunftszeit etc. Ich sehe aus dem Fenster. Unter uns ein paar Wolken und auf der Erde rotbraune Äcker, Wiesen und Bäume in frühlingshaftem Grün. Dazwischen Häuser so klein wie Spielzeug. Meine Gedanken wandern zurück zu den Ereignissen der letzten Tage. Ich fasse den Entschluß, über diese Reise ein Buch zu schreiben. Ich werde es Zenobia und Miroslaw widmen. Der Begegnung mit ihnen verdanke ich, daß ich das Schicksal der Vertreibung annehmen kann und will. Ich hole Notizblock und Kugelschreiber aus der Handtasche und fange an, mir Notizen zu machen. Während ich noch darüber nachdenke, wie ich meinen Entschluß in die Tat umsetzen will, kündigt der Kapitän unserer Maschine den Sinkflug an. Pünktlich um 13^{05} Uhr landen wir auf dem Flughafen Rhein-Main. Ich bin wieder im Westen.

Post aus Lubawka
(Frühjahr 1997)

Es klingelt an der Wohnungstür. Unsere Nachbarin: „Schauen Sie mal in Ihren Briefkasten, Sie haben Post!" - Ich fahre mit dem Fahrstuhl ins Erdgeschoß. Am Briefkasten hängt ein kleiner gelber Zettel mit der Aufforderung hineinzusehen: Ein Eilbrief aus Lubawka! Mein Herz klopft schneller. Ich warte ungeduldig, bis der Fahrstuhl im 5. Stock hält und ich wieder in der Wohnung bin.

Der Inhalt des Briefes berührt mich stark: Die Stadtverordneten von Lubawka planen, den Garten, den mein Großvater angelegt hat, in mehrere Parzellen aufzuteilen und neue Häuser darauf zu bauen. Wenn es ihnen gelingt, ihren Plan zu verwirklichen, ist der Garten vernichtet. Danuta, die ältere Tochter von Zenobia, teilt mir mit, daß sie und ihre Schwester Christine sich bemühen, das Haus unter Denkmalschutz stellen zu lassen. Damit wäre auch der Garten gerettet. Durch einen Kunsthistoriker haben sie herausgefunden, daß von 1884-1939 eine Bildhauerin namens Hanna Koschinsky gelebt hat, von der sie annehmen, daß sie ein Mitglied meiner Familie war. „Ist das so? - Um den Landeskonservator zu überzeugen, brauchen wir Informationen über die Entstehung von Haus und Garten. Wir möchten wissen, wer dort ein- und ausging, und ob es in Ihrer Familie noch andere Künstler gab."

Eine Woche lang bin ich voller Tatendrang. Ich hole eine Schachtel mit alten Fotos aus der Schublade im Wohnzimmerschrank und bin erstaunt, wie viele es gibt. Die richtige Auswahl zu treffen, ist nicht leicht, denn es gilt, Überzeugungsarbeit zu leisten. Schließlich entscheide ich mich für zwei Aufnahmen von Haus und Garten aus den Jahren 1903 und 1927. Von der Bildhauerin Hanna Koschinsky, die die jüngere Schwester meiner Großmutter war, wähle ich Fotos aus, die sie in verschiedenen Lebensabschnitten und einige ihrer Arbeiten zeigen.

Wichtig scheint mir der Hinweis auf meinen Vater. Er ist in dem Haus aufgewachsen, und einige seiner Kompositionen sind dort entstanden. Also suche ich in seinen Verlagsunterlagen und finde ein 'Autorenportrait', das seinen Werdegang darstellt. Außerdem fällt mir ein von ihm verfaßtes Werkverzeichnis in die Hände, das ich jedoch beiseite lege, weil es sehr umfangreich und für den Landeskonservator wohl kaum nützlich ist. - Schließlich krame ich in alten Dokumenten und finde in früheren Briefen meiner Mutter Bestätigung für das, was ich aus Erzählungen in Erinnerung behalten habe. Das Ergebnis meiner Recherchen fasse ich in einem wohlüberlegten und systematisch angeordneten Brief zusammen, lasse von den Fotos, die meine einzigen sind, Kopien anfertigen und schicke alles per Einschreiben nach Lubawka. Aufgrund meiner hiesigen Erfahrung mit Behörden rechne ich nicht mit einer baldigen Antwort.

Drei Monate später. Ich komme vom Einkaufen und sehe unsere Postbotin vor dem Haus. Sie winkt mit einem Brief: Post aus Lubawka! - Die Freude ist groß: Es hat geklappt! Die Beamten vom Staatlichen Denkmaldienst konnten aufgrund meiner Darstellung und den Fotos vom historischen Wert des Hauses überzeugt werden. Es wurde in das Register der Sehenswürdigkeiten eingetragen. Damit ist auch der Garten gerettet. Zum Dank erhalte ich wunderschöne Fotos. Es sind Sommerbilder von Haus und Garten, so wie sie in meiner Erinnerung leben. Danuta schreibt, daß sie und ihre Schwester Christine die künstlerische Tradition weiterführen wollen und: „Vielleicht ist das genius loci." Das glaube ich auch. Ich bin voller Dankbarkeit, denn ich weiß, das Fleckchen Erde meiner Kindheit ist in guten Händen.

Herr Galitzky fällt mir ein und das, was er über Europa gesagt hat: „Jedes Volk hat aufgrund seiner Fähigkeiten eine besondere Aufgabe." Sind wir einen kleinen Schritt in dieser Richtung gegangen? Können wir durch unsere innere Einstellung den Boden für ein Europa bereiten, das nicht nur materiell sondern auch geistig zusammenwächst? Es wird sich zeigen.

Blick in die Zukunft

Die Wirklichkeit nicht nur akzeptieren, sondern anerkennen und mit ihr leben ist Voraussetzung für ein Miteinander zwischen Deutschen und Polen. Dies ist ein lang dauernder Prozeß, der immer wieder auf's Neue in Gang gesetzt werden muß. Dabei geht es nicht darum hinzunehmen, was ist, sondern die Zukunft gemeinsam zu gestalten. - Solche Überlegungen und Einsichten werden einem Mann zugeschrieben, der vor über 100 Jahren gelebt hat: August von Cieszkowski (14.9.1814 - 12.3.1894) entstammte einem altpolnischen Adelsgeschlecht und galt als bedeutender Denker und Philosoph seiner Zeit.

Hat die Zukunft schon damals begonnen? Wenn dem so ist, geriet sie in Vergessenheit. 1938 tauchte sie wieder auf, als eine Monographie über Cieszkowski veröffentlicht wurde, die vom Gedanken der Versöhnung zwischen Polen und Deutschen getragen war. Erneut und gewaltsam wurde sie unterdrückt.

Ich frage mich, wo stehen wir heute? Welche Anzeichen gibt es, die uns erkennen lassen, daß die Gedanken von Cieszkowski vor über 100 Jahren 'Taten durch Menschen' bewirkt haben? Kann unser Blick in die Zukunft zuversichtlich sein?

In seiner Botschaft zum 50. Jahrestag nach Kriegsbeginn an den 1989 amtierenden polnischen Staatspräsidenten Jaruzelski wies der damalige Bundespräsident Richard von Weizsäcker darauf hin, daß die Menschen der Politik oft voraus sind, und es gilt, den europäischen Erwartungen zu entsprechen, die sich in besonderer Weise an Polen und Deutsche richten; denn sie leben nebeneinander im Herzen Europas.

Wodurch haben Polen und Deutsche den Weg in die Politik geebnet? Wie leben sie nebeneinander?

Die Verträge zwischen der Bundesrepublik Deutschland und der Republik Polen von 199o und 1991 sichern die seit 1945 bestehende Westgrenze von Polen und erkennen sie völkerrechtlich an. 'Gute Nachbarschaft' und 'freundschaftliche Zusammenarbeit' sind gegenseitig vereinbart. - Ich suche nach Beispielen und finde sie auf polnischer und auf deutscher Seite. Gleichgültig ob in der Wirtschaft, auf dem Gebiet der Kultur oder in der Politik, immer sind Menschen beider Völker beteiligt und wirken so an der Entwicklung zu einer guten Nachbarschaft mit.

Herausragend sind für mich die Bemühungen um den Erhalt und die Restaurierung wertvoller Kulturdenkmäler. Sie werden als gemeinsames europäisches Kulturerbe betrachtet. Finanzielle Hilfen geben sowohl die Bundesregierung Deutschland als auch die zuständigen Wojwodschafts- und Stadtverwaltungen in Polen. Die Auswahl der Objekte treffen die polnischen Verantwortlichen. Mittel von Einrichtungen wie der Stiftung für deutsch-polnische Zusammenarbeit in Warschau, der Deutschen Umweltstiftung in Osnabrück und vom Gustav-Adolf-Werk kommen hinzu. Am Beispiel der Friedenskirchen wurde uns anschaulich dargestellt, wie Polen und Deutsche sich bei der gemeinsamen Aufgabe achten und kennenlernen. Besonders beeindruckt hat mich die Einführung der „Friedenskonzerte" in Jauer, bei denen Künstler und Musikfreunde beider Länder gemeinsam musizieren und miteinander reden.

Eine große Chance für die Zusammenarbeit und Entwicklung einer guten Nachbarschaft ist für mich der gemeinsame Fluß, die Oder. Ein Jahr nach der Flutkatasrophe 1997 hat das polnische Parlament dem Vertrag über eine internationale Kommission zum Schutz der Oder zugestimmt. Der Vertrag bildet die Grundlage für einen gemeinsamen Gewässerschutz im gesamten Einzugsgebiet der Oder. Außerdem soll das Entstehen naturnaher Ökosysteme gefördert werden. Sitz des Gremiums ist Wroclaw.

Eine riesige Aufgabe für die Oder-Kommission IKSO. Böden und Ökosysteme müssen studiert, Satelliten- und Flugzeugfotos ausgewertet werden, um exakte Bilder von der Erdoberfläche zu erhalten. Nach Angaben der polnischen Wetterämter werden Niederschlagsmodelle im GKSS-Forschungszentrum in Geesthacht bei Hamburg erstellt. Und die Forschung ist erst der Anfang. Wenn ihre Ergebnisse vorliegen, müßten - wie nach dem Vorbild am Rhein - Wälder aufgeforstet, Auen wiederbelebt, neue Überschwemmungsgebiete eingerichtet, Polder und Rückhaltebecken eingesetzt werden. - Ich versuche, mir vorzustellen, wieviele Menschen beider Länder an einem Vorhaben dieses Ausmaßes beteiligt werden und eine gemeinsame Aufgabe finden können. -
Aber eine Chance beinhaltet auch Risiken: Ein solches Projekt kostet viele Milliarden Zloty oder Euro. Wird das Geld dafür da sein? - Und was mir noch wichtiger erscheint: Werden die Menschen, die an der Oder leben, die gemeinsame Aufgabe nicht nur akzeptieren, sondern auch wollen, wie es Cieszkowski vor über 100 Jahren als notwendig erkannt hat?

„Zeichen der Hoffnung" heißt ein kirchlicher Verein, der in Frankfurt gegründet wurde und sich bereits 1977 zur Aufgabe gemacht hat, die Aussöhnung zwischen Polen und Deutschen zu fördern. Hier sind - wie Richard von Weizsäcker sagte - Menschen der Politik vorausgegangen. Seit mehr als 20 Jahren bemühen sie sich, über die Versöhnung zur Normalität zu gelangen, ein Beweis dafür, daß es sich - wie Cieszkowski voraussagte - um einen lang dauernden Prozeß handelt. Mir fällt auf, wie behutsam sie mit Worten umgehen.

Aber auch dunkle Wolken haben sich am Himmel der Zukunft gezeigt: In der Erklärung des Deutschen Bundestages am 29.5.1998 wurde gesagt, daß die Vertreibung von Deutschen nach dem Ende des 2. Weltkrieges völkerrechtswidrig war und von den Parlamentariern die Hoffnung geäußert, daß Polen und Tschechien nach ihrem EU-Beitritt auch den deutschen Vertriebenen das Recht auf Freizügigkeit und Niederlassungsfreiheit einräumen sollen.

Daraus leitete die Präsidentin des Bundes der Vertriebenen Rückkehrmöglichkeiten für Vertriebene auf ihre ehemaligen Anwesen oder ersatzweise finanzielle Entschädigungen für die Betroffenen ab. Die Folge war, in vielen Gemeinden Polens wurden Anträge von Vertriebenen auf Rückerstattung ihres früheren Eigentums gestellt. Dies führte in Polen zu einer scharfen Gegenresolution des Sejm, die darin gipfelte, daß die Einzelforderungen der Vertriebenen zurückgewiesen und der Bundesregierung vorgeworfen wurde, die deutsch-polnische Grenze aufgrund von Zweideutigkeit letztendlich infrage zu stellen. Der Streit wurde entschärft durch die Begegnung und das Gespräch von Mitgliedern beider Regierungen. Jedoch Mißtrauen und Angst waren so schnell wieder da! „Noch immer befinden wir uns in dem inneren Zwiespalt einer hochsensiblen Wachsamkeit und dem gleichzeitigen Bemühen, aufeinander zugehen zu wollen," hatte Herr Galitzky in Wroclaw über sich und sein Volk gesagt.

Für mich handelt es sich bei diesem Ereignis um ein typisches Beispiel für materielles Denken, bei dem es um den Besitz irdischer Güter geht. Gewinnsucht und Agressionen sind die Folge. Im Gegensatz dazu steht die Denkweise des Miteinander leben wollen. Auch dazu ein Beispiel:

Eine deutsch-polnische Gruppe von Schülern und Lehrern arbeitet an einem Modell für Friedenserziehung: Es handelt sich um die Idee zu einem Europäischen Lehrerseminar mit der Leitfrage: „Wie kann das Bild vom anderen so verändert werden, daß ein **differenziertes** Bild entsteht, das den Weg freimacht für Neugier und Toleranz, für eine unvoreingenommene, vorurteilsfreie Begegnung, so daß Versöhnung, Verständigung und Freundschaft möglich sind?" Die Schüler von zwei deutschen und einer polnischen Schulklasse arbeiten gemeinsam daran, sich positive und negative Vorurteile gegenseitig bewußt zu machen, um frei zu werden für wirkliche Begegnungen. „Reden wir miteinander!" fordern sie und bekräftigen das Ergebnis ihrer Arbeit damit, daß sie an einen Frieden glauben.

Hier kommen Menschen zusammen, ohne Besitzansprüche zu stellen. Ihnen geht es darum, sich offen zu begegnen und zu achten.

Die Reihe der Beispiele ließe sich fortsetzen. - Was mich betrifft, so kann mein Blick in die Zukunft zuversichtlich sein. Das Land Schlesien, in dem ich geboren wurde, ist - das hat die Geschichte gezeigt - seit mehr als 1000 Jahren Heimat verschiedener Völker und Volksgruppen gewesen. Sie kamen aus Böhmen und Polen, später aus Deutschland, Österreich und aus Ungarn. Wie in jeder Grenzregion haben sie sich miteinander vermischt, so daß die entstandenen Kulturleistungen für mich das Ergebnis aller Bewohner sind, die dort gelebt haben. Die Eindrücke auf meiner Reise haben mir gezeigt, daß die Menschen, die heute dort leben, sich ihres Kulturerbes bewußt sind. Ich hoffe mit ihnen auf ein Europa, in dem sie mit den Ländern der Europäischen Union nicht nur ein gemeinsames Geld besitzen. Vielmehr wünsche ich mir, daß jedes Volk seine eigene Kultur einbringen kann, und ein Europa entsteht, das als harmonisches Ganzes vereinigt ist.

Nachwort

Es war nie meine Absicht,
ein politisches Buch zu schreiben!

Mir ging es darum,
Ansichten und Empfindungen zu offenbaren
von Polen und Deutschen,
die einander zuhören.

Ich hoffe, das ist mir gelungen.

Danksagung

Ich danke meinem Lebensgefährten Gerhard Wicke. Er hat mich begleitet, als dieses Buch entstanden ist, und mir viele nützliche Hinweise für eine klare Darstellung des Textes gegeben. - Mein Dank gilt außerdem Frau Anna Werr. Sie half mir bei der Literaturbeschaffung und war immer eine geduldige Zuhörerin. - Hilka Reinert danke ich für die musikalische Beratung und den Briefwechsel mit dem 'Verein zur Lösung offener Harmoniefragen', durch den mein Wissen um das 'Reich der Intervalle' vertieft wurde. - Last but not least geht mein Dank an Erwin Krause. Er lehrte mich den Umgang mit windows und microsoft und versetzte mich so in die Lage, meinem Buch ein ansprechendes Äußeres zu verleihen.

Inhalt   Seite

Literaturverzeichnis

Reiseführer

POLEN, MARCO POLO
MAIRS GEOGRAPHISCHER VERLAG (1992)

Polen, DuMont, Kunst-Reiseführer, I.Bentcher, D.Lesczynska, M.Marek, R.Vetter
DuMont Buchverlag Köln (1994)

Schlesien, DuMont, Kunst-Reiseführer, R.Vetter
DuMont Buchverlag Köln (1995)

TOUREN IN SCHLESIEN, Kerstin und André MICKLITZA
Conrad Stein Verlag, Kiel (1994)

Bücher/Fachartikel

BÖDDEKER, GÜNTER, DIE FLÜCHTLINGE
Verlag Ullstein GmbH, Frankfurt/M.-Berlin-Wien (1996)

BRESLAU IN 144 BILDERN
Verlag Gerhard Rautenberg - Leer/Ostfriesland (1955)

DÖRING, DIETER-LIENHARD, Alt-Breslau in Sage und Bild
Verlag Gerhard Rautenberg, Leer/Ostfriesland (1982)

GRIEGER, FRIEDRICH, WIE BRESLAU FIEL
VERLAG DIE ZUKUNFT, Metzingen (Württ.) (1948)

Leber, Stefan, August von Cieszkowski, ein polnischer Philosoph der Versöhnung und Tat
die Drei -Zeitschrift für Anthroposophie in Wissenschaft, Kunst und sozialem Leben 4/94,
Verlag Freies Geistesleben, Stuttgart

MUSEUM FÜR ARCHITEKTUR, WROCLAW
Verlag des Museums der Architektur in Wroclaw

POLNISCH ODER DEUTSCH? - Oberschlesien, ein Schulbeispiel für die Notwendigkeit der Dreigliederung
Beiträge zur Rudolf Steiner Gesamtausgabe - Heft 93/94 (8093), Dornach-Michaeli 1986

Roos, Hans, <u>Geschichte der polnischen Nation 1918 - 1985</u>
Verlag W. Kohlhammer, Stuttgart (1986)

<u>Schlesiens Vermächtnis, ein Lesebuch aus 700 Jahren</u>
herausgegeben von Wolfgang von Eichborn, Verlag Kiepenheuer & Witsch, Köln

Steiner, Rudolf, <u>Die Mission einzelner Volkseelen</u>
RUDOLF STEINER VERLAG, DORNACH/SCHWEIZ (1983)

Film/Dokumentation

Bögeholz, Hartwig, <u>DEUTSCH-DEUTSCHE ZEITEN-Eine Chronik-DEUTSCHLAND VON 1945 - 1995</u>
CD-Rom, Systhema-Verlag GmbH, München (1996)

<u>VOR DEN TOREN DER STADT, Friedenskirchen in Schlesien</u>
EIN FILM VON MARIUS LANGER, Bayerischer Rundfunk Fernsehen, Red. Kirche und Welt (1997)

Karten und Pläne

<u>POLEN</u>, Hildebrand's Urlaubskarte - Studiosus
KARTO + GRAFIK Verlagsgesellschaft mbH (1996)

<u>Schlesien 1: 300 000</u>
bearbeitet vom Institut für angewandte Geodäsie, Außenstelle Berlin

<u>WROCLAW</u> - Stadtplan -
POLSKI PRZEDSIEBIORSTWO WYDAWNICTW KARTOGRAFICZNYCH Nr katal 33-298-o3 (1997)